一笑

古龍自署

國際學術研討會

古龍武俠小說 領先時代半世紀

【記者賴素鈴／報導】江湖代有才人出，這廂古龍凋零二十載，那廂今朝懸賞百萬獎新秀，浪淘不盡，唯有武俠熱愛，不隨時間變易，在學術研討會上更見分明。以「一代鬼才：古龍與武俠小說」爲主題，淡江大學第九屆文學與美學國際學術研討會昨起在國家圖書館，展開爲期兩天的議程，紀念武俠小說家古龍逝世二十周年，新生代學者與古龍故舊齊聚一堂，以文論劍話武俠。

日前與淡大中文系教授林保淳共同發表《台灣武俠小說發展史》，武俠小說評論家葉洪生昨天在專題演講中，直批胡適1959年底發表「武俠小說下流論」是「胡說」，學界泰斗的不當發言以及隨即展開的「暴雨專案」，反而促成1960年起台灣武俠新秀的繁興，「武俠小說迷人的地方，恰恰在門道之上。」，葉洪生認定，武俠小說審美四原則在文筆、意構、雜學、原創性，他強調：「武俠小說，是一種『上流美』。」

集多年心血完成《台灣武俠小說發展史》，葉洪生認爲他已爲從十歲起迷上武俠小說的半世紀畫上完美句點，並且宣布他「以後決心退出武俠論壇，封劍退隱江湖」。

雖然葉洪生回顧武俠小說名家此起彼落，套太史公名言「固一世之雄也，而今安在哉？」，認爲這是值得深思的嚴肅課題，昨天意外現身研討會而備受矚目的溫世禮，則爲了紀念同是武俠迷的哥哥溫世仁，推出第一屆「溫世仁武俠小說百萬大賞」，即日起至今年10月3日截止收件，經兩階段評選後於明年12月7日公布首獎得主，預料將會是一場武林新秀的龍虎爭霸戰。

看明日誰領風騷？風雲時代出版社發行人陳曉林眼中的古龍，其實領先他的時代半世紀，以致如今雖然古龍逝世20年，陳曉林認爲大家對古龍的了解仍然有限，預言未來世代更能和古龍的後設風格共鳴。

昨天這場研討會，也凸顯武俠小說作爲一項文學研究門類，仍有待開發學習空間。多位與會者都指出，武俠小說的發表、出版方式和管道具考證難度，學術理論與論文格式的建立待加強。而武俠名家的版權之爭、市場競爭力，也增加出版推廣困難，古龍武俠小說的版權糾紛、司馬翎作品的版權官司也成爲研討會的場外話題。

與

武俠小說

第九屆文學與美
一代鬼
古

古龍兄為人慷慨豪邁、跌蕩自如，變化多端，文如其人，且復多奇氣，惜英年早逝。余與古兄當年交好，且喜讀其書，今歿不見其人，又無新作可讀，深自悼惜。

金庸

一九九六、十、十一、香港

大人物

（下）

古龍精品集 57

大人物（下）

目錄

十六 秦歌，秦歌

一

田思思也瞪了他一眼，忽又問道：「葛先生會不會到這裡來？」

楊凡道：「我怎麼知道？」

田思思道：「你一定知道，我總覺得你早就認得他了，他也早就認得你。」

楊凡嘆了口氣，喃喃道：「女人爲什麼總有許許多多奇奇怪怪的想法呢？」

門忽然開了。

這次開的不是小門，是大門。

那個樣子很兇的人忽然已變成了很客氣的人，陪著笑躬身道：「請，請進。」

他旁邊還站有個衣裳穿得很華麗的彪形大漢，濃眉大眼，滿臉橫肉，鬍子刮得乾乾淨淨，一看見楊凡就迎了上來，大笑道：「今天是哪陣風把你吹來的？」

楊凡道：「一陣邪風。」

華衣大漢怔了怔，道：「邪風？」

楊凡道：「若不是邪風，怎麼會把我吹到這裡來呢！」

華衣大漢笑道：「你已有好幾個月沒有送錢來了，也不怕銀子發霉麼？」

二

屋子雖然很大，看來還是煙霧騰騰的，到處都擠滿了人。

各式各樣的人，大多數都很緊張，有幾個不緊張的人，也只不過是在故作鎮定而已，其實連小衣都只怕已被汗水濕透。

真正不緊張的人只有一個，就是帶楊凡進來的華衣大漢。

因爲只有他知道這屋子裡誰是贏家。

他自己。

他拍著楊凡的肩，笑道：「你隨便玩玩，等這陣子忙過了，我再來陪你喝酒。」

等他走遠了，田思思忽然冷笑道：「看來你跟金大鬍子也並沒有什麼交情。」

楊凡道：「哦？」

田思思道：「若是有交情的朋友，他一定會親自出來迎接的。」

楊凡笑了笑，道：「你以爲剛才帶我們進來的人是誰？」

田思思道：「他總不會是金大鬍子吧？」

楊凡道：「他不是金大鬍子是誰？」

田思思失聲道：「什麼？他就是金大鬍子？他連一根鬍子都沒有。」

楊凡道：「鬍子是可以刮掉的。」

田思思道：「他既然叫金大鬍子，爲什麼要刮鬍子？」

楊凡道：「因爲他最近娶了個老婆。」

田思思道：「娶老婆和刮鬍子有什麼關係？」

楊凡道：「非但有關係，而且關係很大。」

田思思眨了眨眼，道：「難道是他老婆叫他把鬍子刮掉的？」

楊凡笑道：「你這次總算變得聰明了些。」

田思思也忍不住笑了，道：「想不到他這樣的人也會怕老婆。」

楊凡道：「各種人都會怕老婆，怕老婆這種人是完全不分種族，不分階級的。」

田思思笑道：「這麼樣說來，怕老婆至少是件很公平的事。」

楊凡又嘆了口氣，道：「像這樣公平的事的確還不多——幸好還不多。」

屋子裡既然有各式各樣的人，就有各式各樣的賭——骰子、牌九、單雙、大小……五花八門，應有盡有。

牆上貼著張告示：

「賭注限額：

最高壹仟兩，最低十兩。」

田思思東張西望的看了半天，才嘆了口氣，道：「秦歌不在這裡。」

楊凡道：「我保證他一定會來的。」

田思思道：「你不騙我？」

楊凡道：「我爲什麼要騙你。」

田思思想了想，的確想不出楊凡有騙她的理由，又問道：「他什麼時候才會來？」

楊凡道：「那就難說了，反正我們一直等到他來爲止。」

田思思道：「這地方若是打烊了呢？」

楊凡道：「這地方從不打烊的。」

田思思道：「爲什麼？」

楊凡道：「因爲誰也不知道自己的賭癮什麼時候會發作，所以這個地方十二個時辰中隨時都有人會來。」

田思思瞟了他一眼，道：「現在你賭癮發作了沒有？」

楊凡苦笑道：「既已到了這裡，想不發作也不行了。」

忽聽田心道：「你們看，那邊那個女人。」

賭場裡有女人並不稀奇，但這女人卻實在太年輕、太漂亮。

她正在賭牌九，而且正在推莊。

她穿的本來是件很華貴，很漂亮的衣裳，現在衣襟也敞開了，袖子也捲了起來，露出了雪白的酥胸，和一雙嫩藕般的手臂。

她正在賠錢。

這一把她拿的是「蹩十」，通賠。

眼見著她面前堆得高高的一堆銀子，眨眼間就賠得乾乾淨淨。

旁邊一個滿臉麻子的大漢正斜眼看著她，帶著不懷好意的微笑，悠悠道：「少奶奶，我看你還是讓別人來推幾手吧。」

這位少奶奶已輸得滿臉通紅，大聲道：「不行，我還要翻本。」

大麻子道：「要翻本只怕也得等到明天了，今天你連戴來的首飾都押了出去，我們這裡的規矩又不作興賭賒帳的。」

少奶奶咬著嘴唇，發了半天怔，忽然道：「我還有樣東西可以押。」

大麻子道：「什麼東西？」

少奶奶挺起了胸，道：「我這個人。」

大麻子臉上每顆麻子都亮了起來，似笑非笑的打量著她，道：「你想押多少？」

少奶奶忽然向他拋了個媚眼，道：「你看我能押多少？」

大麻子眼睛盯著她敞開的衣襟，道：「三千兩行不行？」

少奶奶一拍桌子，道：「好，銀子拿來，我押給你了。」

田思思看得眼睛發直，忍不住嘆息著道：「不知道這是誰家的少奶奶，輸得這麼慘。」

旁邊忽然有個人冷笑道：「她是個屁的少奶奶，規規矩矩的少奶奶怎麼會到這種地方來。」

這人一張馬臉，滿身布衣，那身打扮和那看門的人完全一樣，想必也是金大鬍子的手下。

田思思忍不住問道：「到這裡來的都是些什麼樣的人呢？」

這人道：「一個人到這裡來賭的女人，不是賣的，就是人家的姨太太。」

他指了指那位少奶奶，道：「她就是大同府王百萬的第十三房姨太太；平時倒還規矩，只要一賭起來，立刻就現了原形。」

田思思冷笑道：「男人一賭起來，還不是一樣的要現原形？」

這人笑了笑，道：「只可惜男人就算要賣，也賣不出去。」

他笑嘻嘻的走了，臨走的時候還瞟了田思思兩眼。

田思思氣得臉發白，恨恨道：「爲什麼女人好像天生要比男人倒霉些，爲什麼男人能賭，女人就不能賭？」

楊凡淡淡道：「因爲女人天生就不是男人。」

田思思瞪眼道：「這是什麼話？」

楊凡道：「這是句很簡單的話，只可惜世上偏偏有些女人聽不懂。」

楊凡也開始賭了。

他賭的是牌九。

這裡最低賭注是十兩銀子，他就賭十兩。無論是輸是贏，他都是十兩，連一兩都不肯多押下去。

旁邊看著他的人，嘴裡雖然沒有說什麼，目光中卻露出不屑之意。

無論別人用什麼樣的眼光來看他，楊凡還是一點也不在乎。

田大小姐卻已受不了。

她既然坐在楊凡旁邊，楊凡丟人，豈非就等於是她丟人？

她忍不住悄悄道：「你能不能多押一點？」

楊凡道：「不能。」

田思思道：「爲什麼不能？」

楊凡笑笑，道：「因爲我既不想輸得太快，也不想贏人家的。」

田思思恨恨道：「你這樣子算什麼賭鬼？」

楊凡道：「我並沒有說我是賭鬼，是你說的。」

田思思瞪了他一眼，自己也忍不住笑了，嫣然道：「你就算是賭鬼，也只能算第八流的賭鬼。」

楊凡還沒有說話，又將賭注押了下去。

還是十兩，不多也不少。

田思思嘆道：「看來這裡賭注的限額若是一文錢，你一定不會押兩文。」

楊凡笑道：「你又說對了一次。」

忽然間，屋子裡爆出了一片歡呼道：「秦大俠來了……秦大少一來，場面就一定熱鬧了……」

無論是秦大俠也好，秦大少也好，田思思知道他們說的一定就是秦歌。

秦歌果然來了。

田思思只覺嘴裡發乾，手腳發冷，緊張得連氣都透不過來。

她雖然睜大了眼睛，卻還是沒法子看清楚秦歌的人。

她實在太緊張，緊張得連眼睛都有點發花。

幸好她總算還是看到了一條紅絲巾。

紅得像剛昇起的太陽。

秦歌的確是個紅人，無論到什麼地方都是紅人。

他一來，屋子裡所有的人幾乎全都圍了上去。

田思思連那條紅絲巾都看不見了，急得簡直要跳腳。

楊凡卻還是穩如泰山般坐在那裡，全神貫注在他的賭注上。

十兩，不多也不少。

田思思真恨不得把這十兩破銀子塞到他嘴裡去。

「像秦歌這樣的大人物來了，這豬八戒居然連看都沒有看一眼，在他眼中看來，秦歌好像連這十兩銀子都比不上。」

田思思恨得牙癢癢的，只好去問田心，道：「你看見了他沒有？」

田心眨眨眼，道：「他？我怎麼知道你說的『他』是誰？」

田思思跺腳道：「當然是秦歌，除了秦歌還有誰？」

田心笑道：「看倒是看見了，只不過……」

田思思不等她說完，就搶著問道：「他長得究竟是什麼樣子？」

田心悠然道：「什麼樣子？還不是個人的樣子嗎？好像也並沒有比別人多長兩隻眼睛一條腿。」

田思思又急又氣，又恨不得把那十兩銀子塞到這小噘嘴裡去。

幸好這時她總算已聽到了秦歌的聲音！

聲音又響亮，又豪爽，聽起來正是男子漢的聲音。

「要賭就賭得痛快，否則，就不如回家去抱老婆了。」

大家一起大笑。

「對！秦大俠真是個痛快的人。」

「押單雙最痛快，秦大俠你來推莊好不好？」

秦歌的聲音還是那麼痛快。

「好，推莊就推莊，只不過我有個條件。」

「秦大俠只管說！」

「我可不管金大鬍子訂的那些窮規矩，要押我的莊，至少就得押一百兩，多多益善，愈多愈好，我賭錢一向是愈大愈風流。」

人群總算散開了些。

田思思總算看到了秦歌，總算看到了她心目中的大人物。

她最先看到的，自然還是那條鮮紅的絲巾。

紅得就和她現在的臉色一樣。

紅絲巾輕鬆的繫在脖子上。

脖子很粗，但長在秦歌身上，看來就好像一點也不覺得粗了。

大人物並不一定長得英俊漂亮，但卻一定有種與眾不同的氣派。

秦歌的氣派的確不小，只見他隨手一掏，就是厚厚的一大疊銀票，隨隨便便就摔在桌子上，「押，儘管押。」

於是大家就押，幾百兩的也有，幾千兩的也有。

到這裡來的人，身上的銀子好像不是偷來的，就是搶來的。

又是一陣歡呼。

莊家賠出的多，吃進的少。

一賠就是好幾千兩，眨眼間，萬把兩銀子就不姓秦了。

秦歌卻還是面不改色，眼睛還是灼灼有光，他長得就算不太英俊漂亮，就憑這種氣派，已足夠讓女人一隊隊的拜倒在他黑緞子的褲腳下。

田思思簡直已看得痴了，忍不住輕輕嘆了口氣，道：「他真是條男子漢，真是個大英雄。」

田心忽然笑了笑，道：「你從哪點看出來的？」

田思思道：「只看他賭錢的樣子，就已足夠了。」

田心道：「一個人賭錢賭得兇，並不能證明他就是男子漢，就是英雄。」

她又笑了笑，道：「也許只能證明一件事。」

田思思道：「什麼事？」

田心悠然道：「只能證明他是個賭鬼，第一流的賭鬼。」

田思思氣得再也不想看她。

楊凡呢？還是全神貫注在他的賭注上。

還是十兩。

田思思忍不住推了他一下，悄悄道：「你認不認得秦歌？」

楊凡道：「不認得。」

田思思冷笑道：「虧你還算是在江湖中混的，連他這樣的大人物都不認得。」

楊凡笑笑道：「因爲我天生就不是大人物，而且一看到大人物就緊張。」

田思思恨恨道：「你爲什麼不想法子去認得他？」
楊凡道：「我爲什麼要想法子去認得他？」
田思思道：「因爲……因爲我想認得他。」
楊凡道：「能不能認得他，那是你自己的事，我早就說過，只能帶你找到他，別的事我都不管。」
田思思道：「可是……可是你至少應該給我個機會。」
楊凡道：「什麼樣的機會？」
田思思道：「你若也到那邊桌上去賭，說不定就認得他了。」
楊凡道：「我不能去。」
田思思道：「爲什麼不能去？」
楊凡道：「那邊的賭注太大。」
田思思忍不住跺了跺腳，道：「你爲什麼不回家抱老婆去？」
楊凡淡淡道：「因爲我沒有老婆。」
他的回答永遠都是這麼簡單，誰也不能說他沒道理，但卻可以活活把人氣死。
田思思生了半天悶氣，抬起頭，恰巧又看到了那大麻子。
她眼珠子一轉，忽又問道：「那個大麻子你認不認得？」

楊凡笑笑道：「這人我認得，因為他也不是什麼大人物。」

田思思道：「他是幹什麼的？」

楊凡道：「據說他就是這賭場的吸血蟲。」

田思思皺眉道：「吸血蟲？」

楊凡道：「他專門等輸光了的人拿東西到他那裡去押，一天就要三分利，本來值三百兩的，他最多只押壹百五。」

田思思眼珠子又一轉，忽然笑了，嫣然道：「你好人索性做到底，幫我個忙好不好？」

楊凡道：「幫什麼忙？」

田思思道：「把我押給那大麻子。」

楊凡上上下下看了她兩眼，道：「你有毛病？」

田思思笑道：「沒有，一點毛病也沒有。」

楊凡道：「你也想去押幾把？」

田思思道：「不想，我又不是賭鬼。」

楊凡道：「你既沒有毛病，又不是賭鬼，卻要我把你押給那大麻子。」

他嘆了口氣，苦笑道：「女人為什麼總要做一些奇奇怪怪的事呢？」

田思思道：「你就幫我這個忙吧，也不用管我是為了什麼，只要你幫我這個忙，我以後絕對不再麻煩你了。」

楊凡想了想，道：「這真的是最後一次？」

田思思道：「絕對最後一次。」

楊凡嘆道：「好吧，長痛不如短痛，我就認命了。」

他終於向那大麻子招了招手，大聲道：「趙剛，你能不能過來一下？」

趙大麻子看了看他，又看了看他身旁的田思思，終於施施然走了過來，似笑非笑的，悠然道：「怎麼？十兩十兩的押，也會輸光嗎？」

楊凡道：「一錢一錢的押，遲早也會輸光的。」

趙大麻子道：「你想押什麼？」

楊凡指了指田思思道：「你看她可以值多少兩銀子？」

趙大麻子上上下下打量了田思思幾眼，臉上的麻子又發出了光，道：「你想押多少？」

楊凡道：「像這麼樣又漂亮，又年輕的小姑娘，至少也值三千兩。」

趙大麻子又盯了田思思幾眼，喃喃道：「看來倒還像是原封貨……好吧，我就給你三千兩，但你可得保證她不能溜了。」

楊凡道：「你難道還怕別人賴帳？」

趙大麻子仰面大笑，道：「誰敢賴我趙某人的帳，我倒真佩服他。」

他終於數過了三千兩銀票，還沒有交到楊凡手上。

田思思忽然大叫了起來：「救命，救命呀。」

她叫的聲音比人踩住了雞脖子還可怕。

楊凡卻連眼睛都沒有眨一眨，好像早已算準了會有這種事發生的。

只有趙大麻子嚇了一大跳，除了他之外，別的人好像根本沒有聽見。

最氣人的是，秦歌也沒有聽見。

男人在賭錢的時候，耳朵裡除了骰子的聲音外，很少還能聽到別的聲音。

田思思咬了咬牙，索性衝到秦歌旁邊去，大叫道：「救命，救命呀。」

她簡直已經在對著秦歌的耳朵叫了。

秦歌這才聽見了，卻好像還是沒有聽得十分清楚，回頭看了她一眼，皺眉道：「什麼事？」

田思思指著楊凡，道：「他……他……他要把我賣給別人。」

秦歌上上下下打量了她幾眼，皺眉道：「他是你的什麼人？」

十七　大英雄本色

一

田思思低著頭，好像隨時都要哭出來的樣子，道：「他根本也不是我的什麼人，我只不過是跟他到這裡來玩的，誰知他……他……他……」

秦歌忽然重重一拍桌子，怒道：「這是什麼話，天下難道就沒有王法了麼？」

他大步走到楊凡面前，瞪眼道：「你憑什麼要把這位小姑娘賣給別人？」

楊凡嘆道：「因爲我是個賭鬼，而且輸急了。」

這理由簡直該打屁股三百板。

誰知秦歌卻好像很同情的樣子，道：「這倒也難怪你。你想要多少銀子翻本？」

楊凡忽然笑了笑，道：「既然秦大俠已出頭，我一兩銀子也不要了。」

他站起來，拍拍衣服，頭也不回的走了出去。

田思思看他就這樣走了，心裡反而有點難受起來。

「無論如何，這大頭鬼並不能算是個壞人，我以後一定要找個機會報答他才是。」

她忽然又想起了田心。

「他既然沒老婆，田心又蠻喜歡他的，我爲什麼不索性真的將田心許配給他呢？」

只可惜這時田心也不見了。

田心是什麼時候走的？從哪裡走的？田思思居然一點也不知道。

在剛才那一瞬間，她眼睛裡好像已只有秦歌一個人，心裡也只有秦歌一個人，別的人和別的事，她完全都沒有注意。

這是怎麼回事呢？

田大小姐自己也不知道，就算知道也不會承認。

她輕輕嘆了口氣，回過頭才發現秦歌還站在她旁邊，似笑非笑的看著她。

她吃了那麼多苦，費了那麼多事，好容易才總算認得了這位了不起的大人物，但剛才她居然連他都忘了。

這大人物在她心裡的地位，難道還沒那豬八戒重要？

秦歌還在看她，彷彿在等著她說話，一雙眼睛當然很明亮，很有懾人之力，只不過有幾根紅絲而已。

「像他這麼樣多采多姿的人，當然不大有時間睡覺的。」

田思思終於嫣然一笑，道：「多謝秦大俠救了我，否則我……我真不知道該怎麼辦才好。」

秦歌道：「你認得我？」

田思思瞟著他脖子上的紅絲巾，抿嘴笑道：「江湖中的人誰不認得秦大俠呢？」

秦歌道：「你知道我一定會救你？」

田思思道：「秦大俠見義勇為，也是江湖人人都知道的。」

秦歌緩緩道：「就因為你知道我一定會救你，所以要剛才那個人把你賣給趙大麻子，是不是？」

田思思怔住了。

她再也想不到秦歌居然能看破她的心事，更想不到他會當面說出來。

田思思道：「你……你怎麼會知道的？」

這句話一問出來，她就已後悔了，因為這句話已等於告訴秦歌，她剛才做的那些事完全是在演戲。

秦歌大笑道：「我怎麼會不知道，你以為這法子很妙，對我說來卻一點也不稀奇了，因為至少已有七八個女孩子在我面前利用過同樣的法子。」

田思思的臉已紅到耳根，直恨不得挖個地洞把自己藏進去。

秦歌忽又道：「但你卻有一點跟那些女孩子不同的地方。」

田思思咬著嘴唇，鼓起勇氣，問道：「哪……哪一點？」

秦歌微笑著，道：「你比那些女孩子長得漂亮些，笑起來也比她們甜。笑得甜的女人，將來的運氣都不會太壞，所以……」

他忽然拉起田思思，道：「走，陪我去賭兩手，看你能不能帶點好運氣給我。」

所以田大小姐總算真的認得秦歌了，而且至少已對這個人有了一點瞭解。

她已發覺秦歌真是個敢說敢做的人，他若要拉你的手時，無論有多少雙眼睛在瞧著，他都照樣要拉。

他若要說一句話的時候，無論有多少雙耳朵在聽著，他也都照說不誤；至於這句話是不是會讓別人臉紅，他更完全不管不顧。

「假如是那大頭鬼，也許就不會當著這麼多人面前，把我的秘密揭穿了，他至少會替我留著面子。」

田大小姐本已下了決心，以後絕不再想那大頭鬼了，但也不知爲了什麼，她無論看到什麼人，都忍不住要拿這人跟他比一比。

「無論如何，秦歌至少比他坦白得多。」

田大小姐終於爲自己下了個結論。

但這結論是否正確呢？

這連她自己都不知道——就算知道，也絕不會承認的。

等到田大小姐肯承認自己錯誤時，太陽一定已經在西邊出了。

二

親密的朋友不一定是好朋友。

譬如說：「酒」和「賭」，這一對朋友就很親密，親密得已很少有人能把他們分開。但這對朋友實在糟透了。

所以賭鬼通常也是酒鬼。

有的人一喝了酒，就想賭；有的人一開始賭，就想喝酒。

結果呢？

結果是：「愈輸愈喝，愈喝愈輸；不醉不休，輸光爲止。」

所以賭場裡一定有酒，而且通常都是免費的酒，隨便你愛喝多少，就喝多少。

你可以儘管喝，那意思就是你也可以儘管輸。

秦歌正在盡量的喝酒。

你若還不肯承認他是個豪氣如雲的人，看到他喝酒時也不能不承認了。

他喝起酒來就好像跟酒是天生的冤家對頭似的，只要一看見杯子裡有酒，就非把它一口灌到肚子裡去不可。既不問酒有多少，更不問杯子大小。

「男人就要這樣子喝酒，這才是英雄本色。」

但田心若在這裡，一定就會說：「這也並不能證明他是個英雄，只不過證明了他是個酒鬼而已。」

從那小噘嘴裡說出來的話，好話實在太少。

「這死丫頭到哪裡去了呢？難道會跟著那大頭鬼跑了？」

田思思咬著嘴唇，決定連她都不再想，決心全神貫注在秦歌身上。

然後她立刻就發現秦歌已輸光。

輸光了的人樣子通常都不太好看，秦歌居然還是面不改色。

那鬍子刮得乾乾淨淨的金大鬍子，不知何時又出現了，正站在他身旁，臉上帶著同情之色，道：「秦大俠今天手風好像不太順，輸得可真不少。」

秦歌大笑，道：「我賭錢本來就準備輸的，只要賭得痛快，輸個萬兒八千又何妨？」

金大鬍子一挑大拇指，大聲道：「好！這才是男子漢大丈夫，不但賭得漂亮，輸也輸得漂亮。」

他揮了揮手，又道：「再去拿五萬兩銀子來，讓秦大俠翻本。」

秦歌大笑道：「我早知道你也是個漂亮人，用不著等我開口的。」

金大鬍子臉上忽然露出了爲難之色，沉吟著道：「只不過這裡的規矩，秦大俠想必也知道的。」

秦歌道：「你要抵押？」

金大鬍子笑道：「朋友是朋友，規矩是規矩，秦大俠豪氣干雲，當然絕不會要朋友爲難的。」

秦歌又大笑，道：「你用不著拿話來繞我，你就算把成堆的元寶堆在我面前，我姓秦的也不會平白拿你一錠。」

他拍了拍胸膛，又道：「你看我全身上下有什麼値五萬兩銀子的，只管開口就是。」

金大鬍子道：「真的？」

秦歌沉下了臉，道：「什麼真的假的？只要你能開口，我就能讓你如願！」

金大鬍子目光閃動，忽然壓低聲音，道：「秦大俠可曾看見那邊角落裡的三個人？」

他用不著指明，別人也知道他說的是誰。

因爲這三個人的確很特別。

這三人一個是道士，一個是和尚，還有一個是窮秀才。

賭場裡本就是三教九流，什麼人都有的，有和尚道士到這裡來，也就不算稀奇。

稀奇的是這三個人並不是來賭的，根本就沒有下注。

和尙手裡拿著串佛珠，嘴裡唸唸有詞，像是在唸經。

道士閉著眼，雙手合什，居然在那裡打坐。

窮秀才左手端著杯酒，右手捧著本書，正看得搖頭晃腦，津津有味。

和尙唸經、道士打坐、秀才看書，本也是天經地義的事，但到賭場裡來做這種事，那就不但稀奇，而且簡直稀奇得離了譜。

三個人一人佔據了一張賭桌，別的人就算想賭也沒法子坐下去。

連田思思都已看出這三人是成心來找麻煩的。

她覺得這三人用的法子不但特別，而且有趣。

秦歌皺了皺眉，道：「你是不是要我把他們趕出去？」

金大鬍子道：「正有此意。」

秦歌道：「你自己爲什麼不過去動手？」

金大鬍子嘆了口氣，苦笑道：「因爲他們並沒有破壞這裡的規矩。」

他苦接道：「這裡並沒有規定每個人一進來就非下注不可，你能說不准秀才看書、道士打坐、和尙唸經麼？」

田思思幾乎忍不住笑了出來。

雖然每個人都知道他們是在成心找麻煩，卻又偏偏不能說他們做錯了事。

秦歌道：「他們是什麼時候來的？」

金大鬍子道：「好幾天以前就來了，但有時來，有時走，誰也不知道他們什麼時候會出現。」

秦歌道：「你爲何要放他們進來？」

金大鬍子又嘆了口氣，道：「問題就在這裡，誰也不知道他們是怎麼進來的。」

秦歌的眼睛好像亮了起來，沉聲道：「如此說來，這三人倒有幾下子。」

金大鬍子道：「看來的確像是有點扎手，所以秦大俠若不願意這麼辦，在下也不勉強。」

秦歌冷笑道：「我天生就是喜歡惹麻煩的人。」

金大鬍子展顏笑道：「所以，這五萬兩銀子已在等著秦大俠回來翻本。」

秦歌聽了金大鬍子的話，大笑起來，將面前所有的酒全都一飲而盡，大步走了過去。

秦歌做事的確很乾脆，說做就做，絕不拖泥帶水。

但爲了五萬兩銀子，就替賭場做保鏢，豈非有失大俠身分？

田思思一直在旁邊看著，心裡也難免覺得有點失望。

「但大俠應該做什麼呢？」

「見義勇爲、扶弱鋤強、主持正義、排難解紛……這些事非但連一文錢都賺不到，有時還要貼上幾文。」

「大俠一樣也是人，一樣要吃飯，要花錢，花得比別人還要多些，若是只做貼錢的事，豈非一個個都要活活餓死？」

十八 不速之客

「大俠既不是會生金蛋的驢，天上也沒有大元寶掉下來給他們，難道你要他們去拉車趕驢子?那豈非也一樣丟人?」

想來想去，田思思又覺得他這麼做並沒有什麼不對了。

只要田大小姐覺得對的事，她總有法子爲自己解釋的。

只要田大小姐喜歡的人，就是好人。

道士還在打坐，和尙還在唸經，秀才還捧著書，在那裡看得出神。

秦歌慢慢的走了過去。

他故意走得很慢，很從容，這倒並不是因爲他喝了五六斤酒下肚，生怕自己的腳步走不穩，只不過他無論在做什麼事的時候，都希望能先引起別人的注意。

他很欣賞別人看著他時，那種帶著三分敬畏，七分羨慕的眼色。

這一點他的確做得很成功。

每個人都已在注意著他，大廳裡突然變得很靜，連擲骰子的聲音都已停止。

秦歌臉上的微笑更灑脫，慢慢的走到那秀才面前，悠然道：「秀才你看的是什麼書？」

秀才沒有聽見。

在江湖中人心目中，秀才的意思就是窮酸，這秀才也不例外。他身上穿著的一件藍衫已被洗得發白，一張臉也又黃又瘦，顯得營養很不良的樣子。

現在他正看得眉飛色舞，突然重重的一拍桌子，仰面笑道：「好一個張子房，好一個朱亥，這一椎雖然不中，亦足以驚天動地而泣鬼神……痛快呀痛快，當浮一大白。」

話未說完，他已端起面前的酒杯，一飲而盡。

秦歌忍不住問道：「這張子房是誰？朱亥又是誰？莫非也是兩位使椎的武林高手？」

秀才這才抬起頭來看了他一眼，那眼色就像是在看著一隻駱駝突然走到面前來了一樣，連半點敬畏的意思都沒有。

他上上下下的看了好幾眼，才皺眉道：「張子房就是張良，張留侯，足下難道連這人的名字都沒有聽說過？」

秦歌笑了笑，道：「沒聽說過，我只知道當今武林中，使椎的第一高手是藍大先生，他也是我的好朋友。」

他居然還笑得很灑脫，又道：「你說的那位張良，若也是條好漢，下次我若有機會見到他時，倒不妨向他討教個一招半式。」

秀才聽完他的話，好像被人打了一巴掌，連鼻子都歪到旁邊去了，趕快倒了杯酒喝下去，才長長的嘆了口氣，喃喃的道：「孺子不可教也，朽木不可雕也，足下最好還是走遠點，莫讓我沾著足下這一身俗氣。」

秦歌沉下了臉，道：「你要我走？」

秀才道：「正有此意。」

秦歌道：「你知道我是來幹什麼的？」

秀才道：「人心隔肚皮，知人知面不知心，你心裡在想什麼，我怎會知道？」

秦歌道：「好，我告訴你，我是來要你走的。」

秀才好像很吃驚，道：「要我走？爲什麼要我走？」

秦歌道：「你知道這是什麼地方？」

秀才道：「是個賭場。」

秦歌道：「你既然知道，根本就不該來。」

秀才道：「這地方連妓女都能來，秀才爲什麼就不能來？」

秦歌道：「你來幹什麼？」

秀才道：「當然來讀書，秀才一日不讀書，就覺得滿身俗氣。」

他瞪著秦歌，道：「秀才能不能讀書？」

秦歌道：「能。」

秀才道：「秀才既然能來，秀才既然也能讀書，你為什麼要趕秀才呢，這是你有理？還是我有理？」

秦歌道：「是你。」

秀才道：「既然是我有理，你就該走遠些。」

秦歌道：「我不走，你走！」

秀才道：「為什麼？」

秦歌道：「因為我從來不跟秀才講理。」

秀才突然跳了起來，道：「你真不講理？」

秦歌道：「不講。」

秀才挽了挽袖子，道：「你想打架？」

秦歌笑了笑，道：「這次你總算說對了。」

秀才瞪著他，道：「你不跟秀才講理，秀才為什麼要跟你打架？」

他慢慢的放下袖子，道：「我看你還是快走吧，你若不走，我就……」

秦歌道：「就怎麼樣？」

秀才道：「就走。你不走我就走……你是不是真的不走？」

秦歌道：「真的！」

秀才道：「好，你真不走，我就真走了。」

他倒是真的說走就走，一點也不假。

秦歌大笑，將這秀才的一壺酒也喝了下去，才走到那道士面前，道：「那秀才也是道士你的朋友？」

道士合什道：「紅花綠葉青蓮藕，三教本來是一家，芸芸眾生，誰不是貧道之友？」

秦歌道：「秀才既然能到這裡來，道士當然也能。」

道士道：「正是如此。」

秦歌道：「秀才既然能在這裡讀書，道士當然也能在這裡打坐。」

道士笑道：「施主果然是個明白人。」

秦歌道：「我還明白一樣事。」

道士道：「請教。」

秦歌道：「秀才既然走了，道士也就該跟著走。」

道士想了想，道：「道士若走了，和尚就也該跟著走。」

秦歌也笑了，道：「道士也是明白人。」

道士道：「卻不知這和尚是不是個明白人？」

和尙道：「不是。」

道士道：「你難道是個糊塗和尙？」

和尙道：「我不入地獄，誰入地獄？和尙不糊塗？誰糊塗？」

道士道：「和尙若真的想入地獄，那倒容易，這裡離地獄本就不遠。」

和尙微笑道：「既然如此，就請道兄帶路。」

道士也微笑著道：「在大師面前，貧道怎敢爭先？」

和尙道：「道兄請。」

道士道：「大師請。」

和尙看了秦歌一眼，道：「這位施主呢？是否也有意隨貧僧一行？」

道士合什笑道：「大師與貧道先走，這位施主想必很快就會來的！」

和尙道：「既然如此，貧僧只有在地獄中相候了……阿彌陀佛。」

道士道：「無量壽佛。」

和尙道：「善哉善哉。」

兩人雙手合什，口宣佛號，向秦歌躬身一禮，微笑著走了出去。

走到門口，和尙突又回頭向秦歌一笑，道：「但願施主莫忘了今日之約。」

道士道：「他不會忘的。」

和尙道：「道長怎知他人心意？」

道士微笑道：「往地獄去的路總是好走些的。」

和尙微笑道：「不錯，下去總是比上去容易得多。」

道士道：「也快得多。」

兩人同時仰面大笑了三聲，頭也不回的走了出去。

秦歌也想笑，但卻不知爲了什麼，居然好像有點笑不出了。

別的人也笑得並不十分自然，因爲每個人都有點失望。

每個人卻認爲這和尙、道士和秀才絕不會是省油的燈。

每個人卻在等著他們和秦歌的好戲，誰知他們居然全都乖乖的走了，而且說走就走，絕不嚕嗦。

有人在竊竊私議。

「這三個人究竟是來幹什麼的？」

他們當然不會是真的到這裡來唸經打坐的。

「若是來找麻煩的，爲什麼就這樣乖乖的走了？」

當然是因爲他們看到了秦歌脖子上的紅絲巾。

「若不是秦大俠的威名鎮住了他們，他們怎麼會如此老實？」

秦歌真了不起。

「找秀才講理的人是呆子，找秦大俠打架的人不是呆子，是白癡。」

田思思心裡本來也有點疙瘩，聽到這些話，忽然開心了起來。別人在稱讚秦歌的時候，她簡直比秦歌還開心。

她正在奇怪秦歌看來爲什麼沒有很開心的樣子，秦歌已忽然大笑了起來，好像直到現在才發覺這件事很滑稽，又好像他肚子裡的酒已開始發生作用。

他一直笑個不停，已漸漸笑得不像是個「大俠」的樣子了。

田思思忍不住走過去，悄悄拉了拉他衣角，悄悄道：「喂，別人都在看你。」

秦歌大笑著點頭，不停的點著頭，道：「我知道別人都在看我。」

田思思道：「你可不可以笑得小聲一點？」

秦歌道：「不可以。」

田思思道：「爲什麼？」

秦歌道：「因爲我覺得好笑極了，所以非笑不可。」

田思思道：「什麼事這樣好笑？」

秦歌道：「那和尙……」

田思思道：「和尚怎麼樣？」

秦歌道：「他說他要在地獄裡等我。」

田思思道：「這句話有哪點好笑？」

秦歌道：「只有一點。」

田思思道：「哪一點？」

秦歌道：「他居然不知道我就是從地獄中出來的。」他故意壓低聲音，作出很神秘的樣子，悄悄道：「你知不知道我爲什麼要從那裡逃出來？」

田思思只有搖頭。

秦歌道：「因爲那裡有和尚。」

這句話沒有說完，他又不停的大笑起來。

田思思看著他，心裡忽然又有點懷疑：「這人是不是真的秦歌？」

她已弄錯過一次，這次絕不能再弄錯了。

只可惜她也不知道真正的秦歌是什麼樣子。

幸好這時金大鬍子也走了過來，手裡還捧著一大疊銀票。

好厚的一疊銀票。

金大鬍子笑道：「這裡是一點點小意思，請秦大俠收下。」

秦歌道：「好。」

他的確是個很直爽的人，一點也不客氣。

金大鬍子道：「除此之外，我們對秦大俠還有一點小小的敬意。」

秦歌道：「你還要送我什麼？」

金大鬍子道：「一個機會。」

秦歌道：「什麼機會？」

金大鬍子道：「讓秦大俠一次就翻本的機會。」

秦歌大笑，道：「好，這樣才痛快。」

金大鬍子也在笑，笑得就像是被人拔光了鬍子的貓頭鷹。

他微笑著道：「卻不知秦大俠想賭什麼？」

秦歌道：「隨便賭什麼都一樣。」

金大鬍子拊掌道：「不錯，隨你賭什麼，該贏的人都是會贏的。」

他微笑著，又道：「該輸的人隨便賭什麼都贏不了。」

所以秦歌輸了。

他該輸。

因爲據說賭神爺最討厭酒鬼，所以無論誰只要一喝醉，該贏的也變成要輸了，而且輸得精光，輸得很快。

「一次就翻本的機會。」這句話的意思通常就是說：「一次就輸光的機會。」

你只要往賭場裡去，隨時都會有這種機會的。

大家都圍在旁邊看，大家都在爲他嘆息——無論是真是假，嘆息總是嘆息。

「四五六」遇上「豹子」的機會畢竟不多。

又有人在竊竊私議：「這種事只怕也只有秦大俠這種人才會遇見！」

這是什麼話？

「不錯，這也得要有運氣。」

輸光了居然還算是運氣？這簡直不像話了。

「秦大俠這次雖輸了，但在別的事上運氣一定會特別好的，賭運本就不是正運，賭運不好的人，正運總是特別好。」

嗯，這句話好像忽然變得有點道理了，至少秦歌自己覺得很有道理。

因爲他已又灌了四五斤酒下肚。

一個人肚子裡若已裝了十來斤酒，天下就不會再有什麼沒道理的事了。

同樣的，一個人肚子裡的酒若是裝得很滿，口袋就一定已變得很空。

大家還圍在桌子旁，看著碗裡的三隻骰子。

三個六。

金大鬍子居然隨隨便便就擲了三個六，這種人你想不佩服他都不行。

秦歌忽然發覺金大鬍子比他更像是個「大俠」了。

在賭場裡本只有賭得起的才是英雄。

所以秦歌從人叢裡走了出去。

他搖搖晃晃的走著，忽然撞在一個人身上。

一個和尙。

秦歌皺了皺眉，喃喃道：「今天我爲什麼老是遇見和尙？……這就難怪我要輸了。」

那和尙卻在微笑著，道：「施主今天遇見了幾個和尙？」

秦歌道：「連你兩個。」

和尙笑道：「連我也只有一個。」

秦歌抬起頭，仔仔細細看了他幾眼，忽然發現這和尙還是剛才那個和尙，圓圓的臉，笑起來就像是個彌勒佛。

十九　大英雄與酒鬼

一

不但和尚在這裡，那道士和秀才也回來了。

秦歌眨了眨眼，道：「我怎麼會在這裡的？」

和尚道：「你本來就在這裡。」

秦歌四面看了看，頭也四面轉了轉。

他眼睛已不會動了，眼睛要往左面看的時候，頭也得跟著往左面轉。

和尚笑道：「這裡還不是地獄，只不過距離地獄已不遠了。」

賭場和地獄有時實在差不了多少。

秦歌揉揉眼睛，道：「你們剛才不是已走了嗎？」

和尚點點頭，道：「既然能來，也就能走。」

秦歌道：「你們現在為什麼又來了？」

和尚道：「既然能走，也就能來。」

秦歌想了想，喃喃道：「有道理，和尚說的話，爲什麼總好像很有道理。」
和尚道：「因爲和尚是和尚。」
秦歌又想了想，忽然大笑，道：「有道理，這次還是你們有道理。」
和尚道：「你知道我剛才爲什麼要走？」
秦歌搖搖頭。
和尚道：「爲了要讓你賺五萬兩銀子。」
秦歌大笑，道：「我早就說過，你是個明白人。」
和尚道：「你知不知道現在我們爲什麼要來？」
秦歌道：「爲了要讓我再賺五萬兩銀子？」
和尚道：「不對。」
秦歌道：「你們一走，我就賺五萬兩銀子；我一輸光，你們再回來，那又有什麼不好？」
和尚道：「只有一樣不好。」
秦歌道：「哪樣不好？」
和尚道：「你輸得太快。」
秦歌又大笑，道：「所以這次你們不肯走了？」

和尚道：「不肯。」

秦歌忽然瞪起了眼睛，大聲道：「你們真的不走？」

和尚道：「和尚不說謊。」

秦歌道：「好，你們真的不走，我就真的走。」

他大笑著走了出去。

走到門口，忽又回頭，道：「我先走一步，到那裡去等你。」

和尚道：「到哪裡去？」

秦歌向上面指了指，道：「你看我現在還上得去麼？」

和尚笑了。

下面的人要上去的確不容易。

就算你已上去，一個不小心，還是會掉下來的。

掉下去時就快得多了。

二

秦歌的身子一直往下沉，就好像真的要沉到地底下去。

幸好還有田思思在旁邊扶著他。

像秦歌這樣的人物，走出賭場時，居然沒有一個人送他出來。

田思思很替他不平，也很替他生氣。

就算秦歌並沒有什麼了不起，至少總是他們的大主顧，而且又輸了那麼多，金大鬍子總應該照顧他才是。

事實上，她剛才就曾經氣沖沖的去責問過金大鬍子：「你難道看不出他已經喝醉了？」

金大鬍子笑笑，道：「這裡的酒本就是免費的。」

田思思道：「你既然知道他已經喝醉了，爲什麼還讓他一個人走？」

金大鬍子道：「這裡不是監獄，無論誰要走，我們都沒法子攔住的。」

田思思道：「你至少應該照顧照顧他。」

金大鬍子道：「你要我怎麼照顧他？」

田思思道：「至少應該找個地方讓他歇著，總不能讓他醉倒在路上。」

金大鬍子冷冷道：「這裡也不是客棧。」

田思思道：「但你卻是他的朋友。」

金大鬍子道：「開賭場的人沒有朋友。」

田思思道：「你難道不想他下次再來？」

金大鬍子道：「只要他有了錢，下次還是照樣會來。這次就算他是爬著出去的，下次還是照樣會來。」

他又笑笑，淡淡的接著道：「他到這裡來，也並不是爲了要交朋友。」

田思思道：「你對他也不能例外？」

金大鬍子道：「爲什麼要例外？」

田思思道：「他總算是個成名的英雄。」

金大鬍子冷冷道：「這裡既沒有朋友，也沒有英雄。」

這就是金大鬍子最後的答覆。

在他們眼中，世上只有兩種人：一種是贏家，一種是輸家。

輸家是永遠不值得同情的。

世上也許只有一種人比輸家的情況更糟——一個已喝得爛醉如泥的輸家。

秦歌還沒有完全爛醉如泥，至少現在還沒有。

他總算發覺旁邊有個人在扶著他了，但還是過了很久之後，他才看出是什麼人在旁邊扶著他。

他瞇著眼看了很久才看出來，忽然笑道：「原來你也喝醉了。」

田思思道：「我一口酒也沒喝。怎麼會醉？」

秦歌道：「你若沒有喝醉，爲什麼要我扶著你？」
田思思嘆道：「不是你在扶我，是我在扶你。」
秦歌又哈哈的笑了起來，指著田思思的鼻子，道：「你還說沒有醉？你看，你的鼻子都喝得歪到耳朵上去了，一個鼻子已變成了兩個。」
田思思簡直恨不得一下子把他丟到陰溝裡去，咬著牙道：「你能不能站直一點？」
秦歌道：「不能。」
田思思道：「爲什麼？」
秦歌往下面指了指，道：「因爲我要下去。」
他又壓低聲音，作出很神秘的樣子，道：「你知不知道我爲什麼要下去？」
田思思恨恨道：「是不是因爲那裡沒有和尚了？」
秦歌大笑道：「一點也不錯，和尚已經到賭場唸經去了。」
他笑得彎下腰，笑得連氣都喘不過來。
田思思看著他，又好氣，又好笑，真不知該把他送到哪裡去才好。
秦歌的人忽然衝了出去，衝到牆角，不停的嘔吐了起來。
他吐得真不少，田思思卻還希望他多吐些。
「喝醉酒的人吐出來之後，也許就會變得清醒一點了。」

她這麼想，因爲她自己還沒有真正醉過。

真正喝醉的人，無論怎麼樣都不會變得清醒的，吐過了之後酒意上湧，反而醉得更厲害。

秦歌吐過了之後，酒意也隨著上湧，立刻就躺了下去，不到一霎眼的功夫，已經鼾聲如雷。

田思思真的急了，大聲道：「喂！快起來，你怎麼能睡在這裡？」

秦歌聽不見。

田思思只有用力去搖他，搖了半天，秦歌才總算睜開了眼睛。

他眼睛只有平時三分之一那麼大，舌頭卻比平時大了三倍。

田思思著急道：「快起來，你睡在這裡，被別人看見像什麼樣子？莫忘了你是個大男人，大英雄。」

秦歌哈哈笑道：「英雄……英雄值多少錢一斤？能不能拿到賭場裡去賣？」

他又壓低聲音，悄悄道：「我告訴你一個秘密好不好？」

田思思只有苦笑道：「你說。」

秦歌道：「我什麼都想做，就是不想做英雄，那滋味實在不好受。」

這句話剛說完，立刻又鼾聲大作。

田思思完全沒法子了。

這人搖也搖不醒，抱也抱不動。

一個人喝醉了之後，就好像會變得比平時重得多。

田思思真想把他丟在這裡不管了，只可惜她不是心腸這麼硬的人，何況秦歌又是她心目中的大英雄，大人物。

有很多女孩子只要一聽見秦歌的名字，就興奮得好像隨時都會暈過去。

她們若看到秦歌這種樣子，心裡會有什麼感覺呢？

她們當然看不到，所以她們都比田思思幸運得多。

田思思嘆了口氣，又看到了秦歌脖子上那條鮮紅的絲巾。

紅絲巾，象徵著俠義、勇敢和熱情。

紅絲巾，紅得就像是剛昇起的太陽。

但現在這條紅絲巾已變得像什麼了呢？

像抹布。

一塊剛抹過七八張桌子的抹布，上面又是汗，又是酒，又是一些剛從秦歌胃裡吐出來的東西。

江湖中那些多情的少女們，現在若看到他脖子上這條紅絲巾，心裡又會有什麼感覺呢？

田思思連想都不敢想。

「無論如何，他只不過是喝醉了，每個人都可能有喝醉的時候，那並不是什麼不可原諒的罪惡。」

田思思又輕輕地嘆息了一聲，蹲下去，用自己的絲巾擦了擦秦歌的臉。

她自己的絲巾當然也是紅的，紅得就像是情人的熱血。

可是她自己的血已漸漸開始沒有今天上午那麼熱了。

這倒並不是說她已對秦歌覺得失望，而是因爲她的肚子。

她可以確定自己現在就算想吐，也沒有東西吐得出來。

一個空著肚子的人，在這種有風的晚上，站在一條黑黝黝的小巷子裡，陪著一個鼾聲如雷的醉鬼。

你叫她的血怎麼熱得起來？

三

天亮了。

天好像忽然就亮了，田思思看到對面牆上那一抹淡淡的晨光時，才發覺自己剛才居然睡了一覺。

她自己也不知道自己怎麼會睡著的。

秦歌還躺在陰溝的旁邊，鼾聲總算已小了些。

田思思從牆角裡站起來，脖子又痠又痛，她勉強將脖子轉動了兩下，忽然又發覺了一樣奇怪的事。

她身上竟多了條毯子。

昨天晚上她身上絕沒有這條毯子，因爲那時她正覺得很冷、很餓，正坐在這牆角裡發愁，不知道這一夜應該怎麼樣度過。

她又想到那大頭鬼，現在一定正吃得飽飽的，躺在床上，旁邊說不定還有個像張好兒那樣的女人。

這就是她最後想到的一件事。

然後她就忽然睡著了。

「這條毯子是哪裡來的呢？」

毯子就好像餡餅一樣，是絕不會從天上掉下來的。

難道秦歌會在半夜忽然醒過來，找了條毯子來替她蓋上？

秦歌還睡在他躺下去的地方，簡直連姿勢都沒有改變過。

田思思咬著嘴唇，發了半天怔。

想來想去，會替她蓋上這條毯子的，只有一個人。

可是她不信那個人會這麼樣做。

她寧可不信。

秦歌站著的時候，站得很直、很挺，但睡相卻實在不高明。

他睡在那裡的樣子，就好像是個蝦米。

幸好這裡是個死巷子，只有幾家人的後門在這巷子裡。

昨天晚上，她糊裡糊塗的，也不知怎會走到這條巷子裡來，現在她才開始覺得很幸運。

只要有人看到田大小姐睡在這巷子裡，那才真的丟人丟到家了。

但現在天已大亮，那幾家的後門裡，隨時都可能有人走出來。

田思思下定決心，這次無論如何也要將秦歌搖醒。

她搖得真用力。

秦歌忽然叫了起來，終於睜開了眼，捧著頭怪叫道：「你幹什麼？我的頭都快被你搖得裂開了。」

田思思咬著嘴唇，道：「裂開來最好，正好乘機把你腦袋洗一洗。」

秦歌這下看清了她是誰，忽然笑道：「原來是你，你怎麼會到這裡來的？」

田思思恨恨道：「因爲我遇見了個醉鬼。」

她本來決心要盡量對秦歌溫柔些、體貼些，不但要讓秦歌覺得她現在是個很漂亮的女人，將來也一定會是好太太。

可是她大小姐的脾氣一發作，早已將這些事全都忘得乾乾淨淨。

秦歌的手捧著腦袋，還在那裡不停的嘆著氣。

田思思看著他那愁眉苦臉的樣子，忍不住道：「你很難受？」

秦歌苦著臉道：「難受極了，簡直比生大病還難受。」

田思思道：「你怎麼會這麼難受的？」

秦歌道：「只要頭一天晚上喝醉了酒，第二天就一定會難受。」

田思思道：「你既然知道，爲什麼還要拚命的喝呢？」

秦歌正色道：「男人喝酒，總得像男人的樣子。」

田思思嘆了口氣，道：「你以爲那樣子喝酒就能表示你是個英雄麼?你錯了，那只不過表示你是個酒鬼而已！」

秦歌道：「英雄也好，酒鬼也好，總之都是男人，總比娘娘腔好得多。」

田思思道：「娘娘腔的人，至少不會像你現在這麼難受。」

秦歌搖了搖頭，道：「我們男人的事，你們女人最好還是不要問得太多。」

他終於站起來，拍了拍田思思的肩，道：「走，我請你喝酒去。」

田思思張大了眼睛，道：「你還要喝酒？」

秦歌道：「當然要喝。」

田思思道：「你不怕難受？」

秦歌道：「難不難受是一回事，喝不喝酒又是另外一回事，這道理你們女人也不會懂的。」

他笑了笑，又道：「何況，我現在喝的叫還魂酒，一喝下去就不難受了。」

田思思道：「喝多了明天豈非還是一樣難受？」

秦歌笑道：「明天的事誰管得了那麼多，何況，明天就算難受，那也是明天的事，今天還可以再喝。」

田思思嘆了口氣，喃喃道：「我現在才知道酒鬼是怎麼來的了。」

秦歌根本不聽她在說什麼，拍了拍身上的污漬，拉了拉脖子上的絲巾，站直了身子，挺起了胸，才往巷子外面走。

一個人躺在陰溝旁是一回事，走到外面去，就得挺起胸。

就算全身都難受得要命，臉上也絕不能露出半點難受的樣子來。

現在他看來雖不見得容光煥發，但至少已又有了英雄氣概，那條鮮紅的絲巾已被拉得很平，又開始在風中飄揚。

田思思也不能不承認，他這條絲巾的料子實在不錯。

秦歌正在巷口等著她，等她走過去，才微笑著道：「你看我現在的樣子怎麼樣？」

田思思也不禁嫣然笑道：「最少已不像是條醉貓了。」

她忍不住又問道：「你想到哪裡喝酒去？」

秦歌道：「當然是這地方最大的茶館。」

田思思道：「茶館？」

秦歌道：「現在這時候，只有茶館已開門。」

田思思道：「茶館裡也有酒賣？」

秦歌笑道：「茶館裡除了茶之外，幾乎什麼都有的。」

田思思又不禁嫣然一笑，但立刻又皺起眉，道：「你身上還有沒有銀子？」

秦歌道：「沒有。」

他回答得倒真乾脆。

田思思的眉卻皺得更緊，道：「沒有銀子用什麼去買酒？」

秦歌笑道：「我喝酒還用得著拿銀子買麼？」

田思思道：「不用銀子用什麼？」

秦歌挺起胸，道：「我只要一進去，就會有很多人搶著要請我喝酒的。」

田思思道：「你好意思要別人請？」

秦歌道：「有什麼不好意思的，他們能請得到我，是他們的光采；我喝了他們的酒，是給他們面子。」

他笑了笑，又道：「做一個成名的英雄，也並不是完全沒有好處的。」

田思思也笑了。

她忽然發現這人雖不如她想像中那麼偉大，卻比她想像中坦白得多。

他畢竟還年輕，他固然有很多缺點，但也有可愛的一面。

他是個英雄，但也是個人。

一個活生生的，有血有肉的男人。

田思思笑道：「人家若看見你昨天晚上醉得那副樣子，一定就不會請你了。」

秦歌接道：「那樣子是人家看不到的，我只讓別人看到我賭錢時的豪爽，喝酒時的豪爽；等到我喝醉了，輸光了，那種慘兮兮的樣子我就絕不會讓別人看見。」

他又笑了笑，接著道：「你是不是也聽說過我挨了好幾百刀的事？」

田思思點點頭，道：「我聽了至少也有好幾百次了。」

秦歌道：「你有沒有聽說過，我挨了刀之後，在地上爬著出去，半夜裡醒來還疼得滿地打滾，哭著叫救命的事？」

田思思道：「沒有。」

秦歌微笑道：「這就對了，你現在總該明白我的意思了吧？」

田思思的確已明白。

江湖中人們能看到的、聽到的，只不過是他光輝燦爛的那一面。

卻忘了光明的背後，必定也有陰暗的一面。

不但秦歌如此，古往今來，那些大英雄、大豪傑們，只怕也很少會有例外。

這正如人們只看得見大將的光榮和威風，卻忘了戰場上那萬人的枯骨。

田思思嘆了口氣，道：「想不到你懂得的事也不少。」

秦歌道：「一個人在江湖中混了那麼多年，多多少少總會學到一點事的。」

田思思眨了眨眼，道：「你知道我昨天晚上將你看成了怎麼樣一個人？」

秦歌搖搖頭。

田思思道：「我將你看成一個莽漢，一個鄉巴佬。」

秦歌道：「鄉巴佬？」

田思思道：「因爲你居然連張子房是什麼人都不知道。」

秦歌忽然也眨眨眼，道：「你以爲我真不知道？」

二十　做大英雄的滋味

田思思道：「你知道？」

秦歌道：「張子房就是張良，是漢初三傑之一，史書上說他雖然長得溫文如處子，但卻雄心萬丈，就憑博浪沙那一椎，已足名傳千古。」

田思思吃驚的瞪大了眼睛，失聲說道：「你真的知道？」

秦歌笑道：「一點也不假。」

田思思道：「那你昨天晚上爲什麼要那樣子說呢？」

秦歌道：「我是故意的。」

田思思道：「故意的？爲什麼要故意的裝傻？」

秦歌道：「因爲我知道大家都崇拜我，就因爲我是那麼樣一個人，什麼都不懂，只懂得拚命的打架，拚命的賭錢，拚命的喝酒。」

田思思道：「別人爲什麼要崇拜這種人呢？」

秦歌道：「因爲他們自己做不到。」

他微笑著，接著道：「無論做什麼事，要能拚命都不容易。」
田思思嘆了口氣，道：「我明白，因爲我看見過你難受的樣子。」
秦歌道：「一點也不錯，要拚命，就得先準備吃苦。」
田思思道：「但你爲什麼不做一個又拚命，又聰明的英雄呢？那樣子別人豈非更佩服？」
秦歌道：「那樣子別人就不佩服了。」
田思思道：「爲什麼？」
秦歌道：「因爲那樣子的人很多，至少不止我一個。」
田思思道：「你若也是那樣的人，別人就不覺得稀奇了，對不對？」
秦歌笑道：「一點也不錯，就因爲稀奇，所以我今天才會有這麼大的名氣，才會成爲那些少年人心目中的偶像。」
他自己好像也有些感慨，所以忍不住嘆了口氣，道：「我若變成了另外一個人，別人就一定會對我覺得很失望。」
田思思道：「所以你喝醉了之後就會承認，這種英雄的滋味並不好受。」
秦歌道：「不錯。」
田思思道：「但英雄也有很多種，你爲什麼偏偏要做這一種呢？」
秦歌道：「因爲別人早已將我看成是這一種的人，現在已沒法子改變了。」

田思思道：「你自己想不想改變呢？」

秦歌道：「不想。」

田思思道：「爲什麼？」

秦歌道：「因爲我自己也漸漸習慣了，有時甚至連我自己都認爲那麼樣做是真的。」

田思思道：「其實呢？」

秦歌嘆道：「其實是真還是假，連我自己也有點分不清了。」

田思思沉默了很久，忽又長長嘆息了一聲，道：「我不懂。」

秦歌道：「你不必懂，因爲這就是人生。」

田思思沉思了很久，才慢慢的點了點頭，嘆道：「我沒有看見你的時候，做夢也想不到你是個這麼樣的人。」

秦歌道：「你以爲我是個怎麼樣的人？」

田思思眼珠子轉動，道：「你想呢？」

秦歌笑道：「我想你一定會將我當做一個很了不起的大人物，所以我一定要請你喝酒。」

二

秦歌也許並不是什麼真正的大人物，不是神，但在江湖中人心目中，他卻的確是個很受歡迎的英雄。

無論他走到哪裡，都有人歡迎他，崇拜他，為他歡呼。

現在田思思也喝了酒。

現在他們正走在一條很幽靜的小路上，兩旁的牆很高，樹枝自牆裡伸出來，為他們掩住了夏日正午酷熱的驕陽。

田思思忽然笑道：「想不到真有那麼多人搶著要請你喝酒。」

秦歌的眼睛已變得很亮，因為他已有酒意，卻沒有醉。

他看著高牆裡的樹枝，緩緩道：「你可知道他們為什麼那樣歡迎我？」

田思思道：「因為你是個英雄？」

秦歌笑了笑，道：「那當然也是原因之一，但卻並不重要。」

田思思道：「重要的是什麼？」

秦歌道：「重要的是，他們知道我對他們沒有威脅。因為我只不過是個很粗魯、很衝動、但卻不太懂事的莽漢，和他們一點利害關係也沒有。」

他笑得有點淒涼，接著道：「他們喜歡我，歡迎我，有時就好像戲迷們喜歡一個成名的戲子一樣，絕不會和他們本身的利益發生衝突。」

田思思笑道：「你未免把自己看得太低了。」

秦歌道：「我並沒有看低自己，我也有我成功的地方，據我所知，古往今來，江湖中的成名英雄們，像我這麼樣受歡迎的並不多。」

田思思道：「你難道認爲就沒有人是真心崇拜你的？」

秦歌苦笑道：「當然也有，但那只不過是些還沒有完全長大的孩子，譬如說……」

田思思道：「譬如說我？」

秦歌道：「我說的是以前，現在你當然已不同了。」

田思思道：「爲什麼？」

秦歌道：「因爲你已看見了許多別人看不見的事。」

田思思沉思著，緩緩道：「不錯，我的確已看出你一些別人看不見的缺點。但我看到你的一些優點，也是別人看不到的。」

秦歌道：「哦？」

田思思道：「你固然有很多毛病，但也有很多可愛的地方。」

秦歌笑道：「我真的有？」

田思思道：「真的，你甚至比大多數人都可愛得多。」

她笑了笑，又道：「但像你這樣的男人，只能做個好朋友，絕不會是好丈夫。」

秦歌道：「你以前難道想嫁給我？」

田思思垂下頭，紅著臉笑道：「的確有這意思。」
秦歌道：「現在呢？你是不是對我很失望？」
田思思道：「絕不是，只不過——」
秦歌道：「只不過已覺得不大滿意了？」
田思思道：「也不是。」
秦歌道：「那是什麼呢？」
田思思輕輕的嘆息了一聲，道：「也許只因爲我以前將你看得太高，現在卻已對你瞭解得更深刻。」
秦歌道：「就因爲你已瞭解我，所以才不肯嫁給我？女孩子爲什麼總是喜歡嫁給她們不瞭解的人呢？」
田思思沒有回答，她不知道該怎麼回答。
她並沒有對秦歌覺得失望，因爲秦歌的確是個英雄。
一種她所無法瞭解的英雄。
但無論哪種英雄都是人，不是神——甚至連神都不是完全沒有缺點的，何況人呢？
現在她只不過覺得自己已沒法子再嫁給秦歌了，因爲她看到的秦歌，並不是她幻想中的那位秦歌。

她並不是失望，只不過覺得有點惆悵。

一種成人的惆悵。

她忽然發覺自己好像又長大了很多。

秦歌還在凝視著她。

她輕輕拉起秦歌的手，勉強笑道：「我雖然不能嫁給你，但卻可以永遠做你一個很好的朋友。」

秦歌沒有說話——想說，卻沒有說出來。

田思思咬著嘴唇，輕輕道：「你……你是不是很失望？」

秦歌凝視著她，忽然大笑，道：「我怎麼會失望，天下的女人都可以娶來做老婆，但能像你這麼樣瞭解我的朋友，世上又有幾個？」

田思思眼波流動，忽又嘆息了一聲，道：「可是你爲什麼要讓我如此瞭解你呢？」

秦歌的目光也在閃動著，微笑道：「也許只因爲我的運氣不好。」

田思思眨眨眼，嫣然道：「也許只因爲你的運氣不錯。」

秦歌又大笑，道：「將來能娶到你的那個人，運氣才真的不錯。」

田思思低下頭，忽然不說話了。

也不知爲了什麼，她居然又想起了那大腦袋。

他在哪裡？是不是和田心在一起？

過了很久，她抬起頭，道：「這條路我以前好像走過。」

秦歌點點頭。

田思思道：「再往前面走，好像就是金大鬍子那賭場了。」

秦歌又點點頭。

田思思皺眉道：「你難道還想到那裡去？」

秦歌笑了，道：「我想再去看看那和尙，你難道不覺得他很奇怪？」

田思思道：「奇怪倒真的有點奇怪，只不過怕你並不是真的想去找他。」

秦歌道：「哦！」

田思思抿嘴笑道：「恐怕你只不過又在手癢了吧。」

秦歌瞪了瞪眼，道：「我就真還想去賭，用什麼去賭呢？用我的手指頭？」

田思思笑道：「就算沒錢賭，去看看別人賭也是好的。」

秦歌笑道：「這次你錯了。」

田思思道：「那你想去幹什麼，真的想去看那和尙？」

秦歌笑得很神秘，緩緩道：「不錯，因爲我發現這個和尙比別的和尙都有趣得多。」

和尚不應該有趣的，和尚若有趣，別人就無趣了。

廿一 賭場和廟

和尚在廟裡唸經。賭鬼在賭場裡賭錢。

這種事不管有沒有價值，至少總是很正常的。

但和尚若在賭場裡唸經，賭鬼若在廟裡賭錢，那就非常不正常，而且很荒唐、很奇怪。

奇怪的事總有些奇怪的原因。

奇怪的事也總會引出其他一些奇怪的事來。

一

「你爲什麼總是說賭場距離地獄最近？」

「因爲常常到賭場裡去的人，很容易就會沉淪到地獄裡去。」

「賭場真的這麼可怕？」

「的確可怕，你家裡若有人是賭鬼，你就會知道那有多麼可怕了。」

「哦？」

「一家之主若是個賭鬼，這家人過的日子簡直就好像在地獄裡一樣。」

「我聽說一個人若是沉迷於賭，有時甚至會連老婆、兒子都一齊輸掉的。有時連他自己的命都一起輸掉。」

「唉，那的確可怕。」

「假如說世上最接近地獄的地方是賭場，那最接近西方極樂世界的，應該是什麼地方呢？」

「廟？」

「不錯。可是你有沒有想到過，賭場和廟也有一點相同的地方？」

「沒有，這兩種地方簡直連一點關係都沒有。」

「你有沒有注意到，賭場和廟通常都在比較荒僻隱密的地方？」

「我現在才想到，但還是想不通。」

「哪點想不通？」

「我已知道賭場為什麼要設在比較荒僻的地方，但是廟為什麼也如此呢？到廟裡去燒香的人，既不丟人，也不犯法。」

「廟為什麼要蓋在荒僻的地方呢？因為廟蓋得愈遠，愈荒僻，就愈有神秘感。」

「神秘感？」

「神秘感通常也就是最能引起人們好奇和崇拜的原因。」

「不錯，人們通常總會對一些他們不能瞭解的事覺得畏懼。」

「因爲畏懼，就不能不崇拜。」

「而且人們通常也總喜歡到一些比較遠的地方去燒香，因爲這樣子才能顯得出他的虔誠。」

「你差不多全說對了，只差一點。」

「還差一點？」

「燒香的人走了很遠的路之後，就一定會很餓，很餓的時候吃東西，總覺得滋味特別好些。」

「所以人們總覺得廟裡的青菜特別好吃。」

「你總算明白了，素齋往往也正是吸引人們到廟裡去的最大原因之一。」

「我就知道有很多人到廟裡去燒香時的心情，就和到郊外去踏青一樣。」

「所以聰明的和尚都一定要將廟蓋在很遠很荒僻的地方。」

「我現在也覺得你的話很有道理了，但和尚聽見一定會氣死。」

「和尚氣不死的。」

「爲什麼？」

「酒色財氣四大皆空，這句話你難道也已忘記？」

「不錯，既然氣也是空，和尙當然氣不死的。」

「氣死的就不是眞和尙。」

「所以氣死也沒關係。」

「一點關係也沒有。」

二

偏僻的巷子。

巷子的盡頭，就是金大鬍子的賭場。

秦歌和田思思已走進這條巷子。

這時烏雲忽然掩住了日色，烏雲裡隱隱有雷聲如滾鼓。

狂風捲動，天色陰暗。

田思思看了看天色，道：「好像馬上就有場暴雨要來臨了。」

秦歌道：「下雨的天氣，正是賭錢的時候。」

田思思道：「你既然知道賭很可怕，爲什麼偏偏還要賭？」

秦歌笑了笑，道：「因爲我既不是個好人，也不聰明。」

田思思嫣然道：「你只不過是個英雄。」

秦歌嘆道：「聰明的好人通常都不會做英雄。」

他突然閉上嘴，因爲他忽然發現那賭場的院子裡有一團團、一片片、一絲絲黑色的雲霧被狂風捲起，漫天飛舞。

說那是雲霧，又不像雲霧，在這種陰冥的天色裡，看來真有點說不出的詭秘可怖。

田思思動容道：「那是什麼？」

秦歌搖搖頭，加快了腳步走過去。

賭場破舊的大門在風中搖晃著，不時的「砰砰」作響。

門居然是開著的，而且沒有人看門。

這門禁森嚴的賭場怎麼忽然變得門戶開放了？

黑霧還在院子裡飛捲。

秦歌竄過去，撈起了一把。

田思思剛好跟進來，立刻問道：「究竟是什麼？」

秦歌沒有回答，卻將手裡的東西交給了田思思。

這東西軟軟的、輕輕的，彷彿是柔絲，又不是。

田思思失聲道：「是頭髮？」

秦歌沉著道：「是頭髮。」

田思思道：「哪裡來的那麼多頭髮？」

滿院子的頭髮在狂風中飛舞，看來的確說不出的詭秘可怖。

秦歌沉吟著，說道：「不知道那和尚是不是還在裡面？」

田思思道：「你爲什麼一定要找那和尚？」

秦歌道：「因爲你問的話，也許只有他一個人能解釋。」

他推開門走進去。

他怔住。

田思思跟著走進去。

田思思也怔住。

無論誰走進去一看，都要怔住。

和尚還在屋子裡。

不是一個和尚，是一屋子和尚！

只有在廟裡，你無論看到多少和尚都不會奇怪，更不會怔住。

但這裡是賭場。

賭桌沒有了，賭具沒有了，賭客也沒有了。

現在這賭場裡只有和尙。

幾十個大大小小，老老少少的和尙，眼觀鼻，鼻觀心，雙手合什，盤膝坐在地上，一眼看去，除了一顆顆光頭外就再也沒有別的。

每個頭都剃得很光，光得發亮。

田思思忽然明白院子裡那些頭髮是哪裡來的了。

但她卻還是不明白這些人爲什麼忽然都剃光了頭做和尙。

屋子裡很靜。

沒有骰子聲，沒有洗牌聲，沒有吆喝聲，也沒有唸經聲。

和尙雖是和尙，但卻不唸經。

是不是因爲他們還沒有學會唸經？

秦歌正在找昨天那個會唸經的和尙。

他慢慢的走過去，一個個的找，忽然在一個和尙面前停下了腳步。

田思思看到他面上吃驚的表情，立刻也跟了過去——他看到這和尙時的表情，簡直好像忽然看到了個活鬼一樣。

這和尙還是眼觀鼻，鼻觀心，端端正正的盤膝坐著，非但頭剃得很光，鬍子也刮得很光。

這和尚的臉好熟。

田思思看了半天，突然失聲而呼：「金大鬍子！」

這和尚赫然竟是金大鬍子。

他旁邊還有個和尚，一張臉就像是被雨點打過的沙灘。

「趙大麻子！」

這放印子錢的惡棍怎麼會也做了和尚？

秦歌盯著金大鬍子，上上下下的看了很久，才拍了拍他的肩，道：「你是不是有病？」

金大鬍子這才抬頭看了他一眼，合什道：「施主在跟誰說話？」

秦歌道：「跟你，金大鬍子。」

「阿彌陀佛，金大鬍子已死了，施主怎能跟他說話？」

秦歌道：「你不是金大鬍子？」

金大鬍子道：「小僧明光。」

秦歌又盯著他看了半天，道：「金大鬍子怎麼會忽然死了？」

金大鬍子道：「該死的就死。」

秦歌道：「不該死的呢？」

金大鬍子道：「不該死的遲早也得死。」

他一直端端正正的盤膝而坐，臉上一點表情也沒有，現在看見他的人，誰也不會相信他昨天還是個賭場的大老闆。

現在他看來簡直就像是修爲嚴謹的高僧。

田思思眼珠子轉動，忽然道：「金大鬍子既已死了，他的新婚夫人呢？」

一個人新婚時就開始怕老婆，而且怕得連鬍子都肯刮光，那往往只有一種原因。

因爲他愛他的老婆，愛得要命。

愛得要命時，通常也就會怕得要命。

田思思這一著，實實打在金大鬍子最要命的地方上了。

金大鬍子雖然還在勉強控制著自己，但頭上汗已流了下來。

田思思偷偷的向秦歌打了個眼色，道：「你想他的新婚夫人會到什麼地方去了？」

秦歌笑了笑，悠然道：「他的人既已死了，老婆自然就嫁人了！」

田思思道：「改嫁？這麼快？」

秦歌道：「該改嫁的，遲早總要改嫁的。」

田思思道：「嫁給誰呢？」

秦歌道：「也許是個道士，也許是個秀才，紅花綠葉青蓮藕，本來就是一家人。」

他的話還沒有說完，金大鬍子突然狂吼一聲向他撲了過來。

能做賭場的老闆，手底下當然有兩下子。

只見他十指箕張如鷹爪，好像是恨不得一下就扼斷秦歌的脖子。

秦歌的脖子剛往外面一縮，半空中忽然有根敲木魚的棒槌飛了過來，「卜」的，在金大鬍子的光頭上重重敲了一下。

這一下敲得真不輕。

金大鬍子腦袋雖未開花，卻也被敲得頭暈眼花，連站都站不住了，連退好幾步，「噗」的，又坐到了那蒲團上。

「阿彌陀佛，善哉善哉。」

一個和尚口宣佛號，慢慢的走了過來，手裡捧著個木魚，卻沒有棒槌。

會唸經的和尚終於出現了。

他慢慢的走到金大鬍子面前，嘆息著道：「色即是空，空即是色，這一關都勘不破，怎能出家做和尚？」

金大鬍子全身發抖，嘶聲道：「我本來就不想做和尚，是你逼著我……」

他的話還沒說完，「卜」的，頭上又被重重的敲了一下。

這和尚的手好像比棒槌還硬。

金大鬍子竟被他一根手指敲得爬到地上去了，光頭上立刻凸起了一大塊。

這和尚道：「是誰逼你做和尚的？」

金大鬍子道：「沒……沒有人。」

和尚道：「你想不想做和尚？」

金大鬍子道：「想……想。」

和尚雙手合什，道：「阿彌陀佛，苦海無邊，回頭是岸，放下屠刀，立地成佛……善哉善哉，南無阿彌陀佛，南無阿彌陀佛……」

他居然又開始唸經了。

金大鬍子卻爬在地上，放聲大哭了起來。

田思思看得怔住了，怔了半天，才回過頭向秦歌苦笑道：「這和尚真的會唸經。」

秦歌道：「不但會唸經，還會敲人的腦袋。」

田思思道：「敲得比唸經還好。」

秦歌道：「這次他唸經雖沒有選錯地方，但卻敲錯了腦袋。」

田思思道：「他本該敲誰的腦袋？」

秦歌道：「他自己的。」

和尚忽然不唸經了，回過頭來看了他一眼，搖著頭嘆道：「原來又是你。」

秦歌道：「又是我。」

和尙道：「你怎麼又來了？」

秦歌道：「既然能走，爲什麼不能來？」

和尙道：「既已走了，就不該來的。」

秦歌道：「誰說的？」

和尙道：「和尙說的。」

秦歌道：「和尙憑什麼說？」

和尙道：「和尙會『一指禪』，會敲人的腦袋。」

秦歌嘆了口氣，道：「看來這和尙好像要趕我走的樣子。」

和尙道：「昨天你趕和尙走，今天和尙趕你走，豈非也很公道。」

秦歌道：「我若走了，有沒有人給和尙五萬兩銀子？」

和尙道：「沒有。」

秦歌道：「那麼我就不走。」

和尙沉下了臉，道：「你知道這是什麼地方？」

秦歌道：「好像是個賭揚，又好像是個廟。」

和尙道：「昨天是賭場，今天是廟。」

秦歌笑了笑，道：「連妓女都可以到廟裡燒香，我為什麼不能來？」

廿二　鬼屋

和尚道：「你來幹什麼？」
秦歌道：「當然來賭錢，賭鬼一天不賭錢，全身都發癢。」
和尚道：「廟裡不是賭錢的地方。」
秦歌道：「和尚既能到賭場裡唸經，賭鬼爲什麼不能到廟裡賭錢？」
和尚瞪著他，忽然笑了，道：「這裡都是和尚，誰跟你賭？」
秦歌道：「和尚。」
和尚道：「和尚不賭。」
秦歌道：「我佛如來也賭，和尚爲什麼不賭？」
和尚皺眉道：「我佛如來也賭，跟誰賭？」
秦歌道：「齊天大聖孫悟空。」
和尚道：「賭什麼？」
秦歌道：「賭孫悟空翻不出他的手掌心。」

和尚又笑了，道：「就算你有理，和尚也沒錢賭。」

秦歌道：「和尚會化緣，怎麼會沒有錢？」

和尚道：「到哪裡化緣？」

秦歌道：「據我所知，這些和尚昨天還都是施主。」

和尚道：「哦？」

秦歌道：「尤其是金大鬍子，他既已做了和尚，財即是空，他那萬貫家財自然已全部施捨給和尚了。」

他笑了笑，道：「聽說和尚化緣，有時比強盜搶錢還兇得多。」

和尚瞪著他，圓圓的臉忽然變得很陰沉，冷冷道：「你會搶錢？」

秦歌道：「不會。」

和尚道：「會化緣？」

秦歌道：「也不會。」

和尚道：「你用什麼來賭？」

秦歌道：「用我的人。」

和尚道：「人怎麼能賭？」

秦歌笑道：「我若輸了，就跟你做和尚；你若輸了，這廟就歸我，和尚也歸我。」

和尚道：「你想怎麼賭？」

秦歌道：「你既然會敲腦袋，我們不如就賭敲腦袋吧。」

和尚道：「敲誰的腦袋？」

秦歌道：「你敲我的，我敲你的，誰先敲著誰的，誰就是贏家。」

和尚冷冷道：「腦袋不是木魚，會敲破的。」

秦歌道：「你知不知道哪種腦袋最容易敲破？」

和尚大笑，笑聲中，他的人忽然不見了。

地上鋪著一塊塊石板，石板突然裂開，和尚就掉了下去。

然後石板就立刻關起。

這裡本是個秘密的賭場，賭場裡有翻板地道，本不是件奇怪的事。

只有田思思才會覺得很吃驚，怔了半晌，忽然笑道：「看來他不想跟你賭。」

秦歌微笑道：「他也知道很容易敲破的一種腦袋，就是光頭腦袋。」

田思思道：「你真想敲破他的腦袋？」

秦歌道：「只想敲破一點點。」

田思思道：「為什麼？看來他並不是個壞人。」

秦歌道：「但他卻不該逼著別人做和尙。」
田思思道：「天下開賭場的人若都做了和尙，這世界豈非太平得多？」
秦歌道：「這些和尙本來難道全是開賭場的？」
田思思道：「說不定是他們自己願意……」
這句話還沒有說完，一屋子的和尙忽然全都叫了起來：「我們不願做和尙！」
「好好的人，誰願意做和尙？」
「我家裡有老有少，一大家人，日子過得也不錯，爲什麼要做和尙？」
金大鬍子叫的聲音最響，居然跪了下來，道：「我們都是被逼的，還求秦大俠替我們主持個公道。」
秦歌嘆了口氣，道：「我本來還以爲你是條漢子，怎麼被人一逼就做了和尙？」
金大鬍子道：「因爲我們若不做和尙，他就要我們的命！」
秦歌道：「你們二三十個人，難道還怕他一個和尙不成？」
金大鬍子慘然道：「只因那和尙實在太兇、太厲害，何況還有秀才和道士幫著他！」
秦歌道：「你們加起來也不是他們的對手？」
金大鬍子嘆道：「若非如此，我們怎會全都做了和尙？」
田思思忍不住問道：「你們做和尙，對他是不是有好處？」

金大鬍子道：「當然有好處。」

田思思道：「什麼好處？」

金大鬍子苦著臉道：「他說做和尚要四大皆空，所以我們一做了和尚，家財也就全都變成他的了。」

田思思嘆了口氣，道：「這麼樣說來，連我都想敲破他的腦袋了。」

秦歌道：「不是敲破一點點，是敲個大洞。」

金大鬍子摸著自己的腦袋，道：「可是他們三個人武功全都不弱，尤其是那和尚，實在太厲害。」

秦歌冷笑道：「比他更厲害的人我也見過不少。」

金大鬍子展顏道：「那當然，只要秦大俠肯替我們作主，我們就有了生路。」

秦歌用腳踩了踩地上的石板，道：「這下面是什麼地方？」

金大鬍子道：「我也不清楚。」

秦歌道：「你是這賭場的大老闆，怎麼連你都不清楚？」

金大鬍子苦笑道：「這屋子本來並不是我的。」

秦歌道：「是誰的？」

金大鬍子道：「不知道。」

秦歌皺眉道：「你知道什麼？」

金大鬍子道：「我只知道這屋子的主人多年前就死了，全家人都死得乾乾淨淨。」

秦歌道：「後來就沒有人搬進來過？」

金大鬍子道：「有是有，只不過無論誰搬進來，不出三天就又要搬走。」

秦歌道：「爲什麼？」

金大鬍子道：「因爲這屋子鬧鬼。」

田思思失聲道：「鬧鬼！」

金大鬍子道：「這屋子本是家很有名的凶宅，誰都不敢問津，所以我們很便宜就買了下來。」

田思思道：「這裡是不是真的有鬼呢？」

金大鬍子道：「有時我們的確覺得很多地方不對，但仗著人多膽大，所以倒也不太在乎。」

田思思道：「是些什麼地方不對？」

金大鬍子沉吟著道：「有時地下會忽然發出些奇奇怪怪的聲音來，有時明明放在桌上的東西，忽然間就不見了。」

田思思看了秦歌一眼。

秦歌道：「現在你們打算怎麼辦呢？」

金大鬍子道：「只要能不做和尙，叫我們幹什麼都願意。」

秦歌想了想，道：「好，你們先走吧，等我弄清楚這裡的事再說。」

金大鬍子臉上露出爲難恐懼之色，道：「那和尙不會放我們走的。」

秦歌冷笑道：「你用不著害怕，他若敢追，有我擋著。」

金大鬍子展顏笑道：「就算天大的事，有秦大俠出面，我們也就放心了。」

這句話還沒有說完，滿屋子和尙都已搶著往外逃，有的奪門，有的跳窗戶，霎時間就全都走得精光。

沒有人出來追。

那和尙、道士和秀才全都沒有露面。

田思思笑道：「看來你的威風真不小，嚇得他們連頭都不敢伸出來了。」

秦歌沒有笑。

田思思道：「你想那和尙溜到哪裡去了？」

秦歌道：「我只望他莫要真的被鬼提了去。」

他又沉聲道：「我看你不如也趕快走吧。」

田思思瞪大了眼睛，道：「你爲什麼要我走？」

秦歌勉強笑了笑，道：「這地方說不定真的有鬼。」

田思思臉色雖也有些變了，還是搖著頭道：「我不走。」

秦歌道：「爲什麼？」

田思思道：「莫忘了我是你的朋友。」

秦歌道：「可是……」

田思思不讓他說話，搶著又道：「既然我是你的朋友，就不能撇下你一個人在這裡對付他們三個，就算你真的下地獄，我也只好跟著。」

這句話還沒有說完，秦歌的人真的忽然就掉了下去。

「砰」的，翻開的石板又闔起。

田思思這才真的吃了一驚，用力去踢地上的石板。

隨便她怎麼用力也踢不開。

石板很厚，一塊塊石板嚴絲合縫，誰也看不出機關在哪裡。

暴雨還沒有來，狂風吹著窗戶，窗戶在響，門也在響。

田思思忍不住失聲驚呼，道：「秦歌，你在哪裡？你聽不聽得到我說話？」

沒有回應。

田思思咬著嘴唇，一步步往後退，忽然轉身往門外衝了出去。

外面好大的風。

田思思剛衝出門，又有一陣狂風捲起，捲起了漫天髮絲。

千千萬萬根頭髮突然一齊向她捲了過來，捲上了她的臉，纏住了她的脖子。

輕輕的、軟軟的、冷冷的，就好像是千千萬萬隻鬼手在摸著她的臉，扼住她的咽喉。

她呼吸都已幾乎停頓，凌空一個翻身，退回了門裡去，「砰」的用力關上門，用身子抵住。

過了很久，她這口氣才透出來。

風還在外面吹。

空蕩蕩的屋子裡，只有她一個人。

她忽然發現這間屋子好大。

屋子愈大，愈令她覺得自己渺小孤單。

她掌心已全是冷汗，用力扯下了身上、臉上、脖上的頭髮。

頭髮卻又黏在她手上，纏住了她的手——輕輕的、軟軟的、冷冷的……

她彷彿想吐，卻又吐不出。

「碰」的，一扇窗戶被吹開，接著又是霹靂一響，黃豆般大的雨點跟著打了進來。

她忍不住機伶伶打了個寒噤，壯起膽子，大聲道：「屋子裡還有沒有人？……這裡的人，難道全都死光了麼？」

還是沒有人回應。

她自己又忍不住打了個寒噤。

「這家人本就早已全都死光了，莫非全都變成了鬼麼？」

可是那道士和秀才呢？

對面還有扇門，門是關著的，他們會不會就藏在裡面？

田思思咬了咬牙，用最快的速度衝過去，彷彿生怕後面有鬼在追她。

幸好這門沒有從裡面拴上。

田思思衝了進去。

裡面是間佈置得很精雅的小客廳，看來就令人覺得溫暖而舒服。

田思思剛鬆了口氣，突然間，「砰」的，門已從她身後關上。

她一驚，轉身去推門，已推不開了。

這扇門赫然已從外面鎖住。

是誰鎖的門？

外面剛才明明連一個人都沒有的。

塵。

田思思只覺身上的雞皮疙瘩一顆顆冒了起來，冷汗已濕透衣裳。

她一步步的向後退，退到桌子旁，才發現桌上有三碗茶、一卷書、一串佛珠、一柄拂塵。

書是太史公作的史記，也就是秀才唸的那本。

茶還是溫的。

在田思思和秦歌還沒有來到這裡之前，那和尚、道士和秀才顯然還坐在這裡喝茶。

現在他們的人呢？

田思思冷笑了一聲，道：「我知道你們在哪裡，你們休想嚇得了我！」

其實她什麼都不知道，只不過是自己在壯自己的膽子。

她說這句話，就表示她已被嚇住。

天色陰冥，屋子裡更暗，連書上的字都已有點看不清楚。

田思思站在那裡發了半天怔，才四面打量這屋子。

這屋子的確佈置得很精雅，另外還有扇門，門上掛著湘妃竹簾。

竹簾是垂下來的。

這扇門對面的牆上，掛著幅很大的山水畫，煙雨濛濛，意境彷彿很高，顯然也是名家的手筆。

這幅畫兩旁，當然還有副對聯。

田思思還沒有看清這對聯上寫的什麼，突然聽到身後響起了一陣很奇怪的聲音，聽來就彷佛是竹簾捲動的聲音。

她一驚轉身，又不禁失聲而呼。

本來垂在那裡的竹簾，此刻竟慢慢的向上面捲了起來。

竹簾後的門是半掩著的。

門裡門外都沒有人，就好像有隻看不見的鬼手，在上面慢慢的捲著這竹簾。

田思思的膽子就算再大，也不禁毛骨悚然，用盡全身力氣，才能大叫道：「什麼人？出來！」

沒有人出來。

根本就連人影都沒有。

田思思舉起雙拳，咬緊牙關，一步步走了過去。

她一面走，冷汗一面從臉上往下流。

她走得很慢，因爲腿已發軟，但總算還是慢慢的走進了這扇門。

門後面是間密室，連窗戶都沒有，所以光線更暗。

黑黝黝的屋子裡，什麼都沒有，只有一個人盤膝坐在地上。

一個和尚！

這和尚圓圓的臉，垂肩斂眉，面前還擺著個木魚，赫然正是剛才掉到地下去的那個會唸經的和尚。

田思思長長吐出口氣，無論如何，她還算看到個活人了。

但和尚既然已在這裡，秦歌呢？

田思思忍不住道：「喂，你怎麼會到了這裡？秦歌呢？」

和尚不響，也不動。

田思思大聲道：「喂，你怎麼不說話？」

和尚還是不言不語，連眼睛都懶得張開，像是忽然變成了個聾子。

田思思冷笑道：「你用不著裝聾作啞，你再不開口，我也要敲破你的腦袋了。」

和尚偏偏要裝聾作啞。

田思思怒道：「你以為我不敢？」

田大小姐的脾氣一發作，天下還有什麼她不敢做的事？

她一下子就竄了過去，真的在這和尚的光頭上敲了一敲。

和尚身子搖了搖，慢慢的倒了下去。

田思思不由自主伸手拉住了他衣襟，大聲道：「你幹什麼，想裝死嗎？」

和尚不會裝死。

和尚真的已死了！

和尚的臉本來又紅又亮，現在卻已經變成了死灰色的。

死灰色的臉上，正有一縷鮮血慢慢的流了下來，從他寬闊的額角上流下來，流過眉眼，沿著鼻子流到嘴角。

田思思身子一震，立刻手腳冰冷，不由自主的一步步後退。

她一退，和尚就向前倒下，臉撲在地上。

田思思這才發現他頭頂上有個小洞，鮮血正是從這洞裡流出來的。

「這個洞難道是我敲出來的？」

絕不是。

她下手並不重，何況這和尚全身僵木，顯然已死了很久。

是誰殺了這和尚的？難道是秦歌？他的人呢？

田思思站在那裡，幾乎連動都不能動了。

她一走進這賭場的大門，就好像跌入了噩夢裡。

從那時開始，她遇見的每件事都奇怪得無法解釋，神秘得不可思議。

除了在噩夢裡之外，還有什麼地方會發生這種事？

這噩夢會不會醒？

田思思咬了咬牙，決心拋開一切，先衝出這鬼屋再說。

她已無法衝出去。

這屋子唯一的一扇門，不知何時又已被人從外面鎖上。

隨便她怎麼用力也推不開，用腳一踢，連腳趾都幾乎被踢斷。

這扇門並不是鐵門，但這見鬼的木頭卻簡直比鐵還堅硬，她就算手裡有把刀，也未必能將門砍裂。

四面的牆更厚。

她忽然覺得自己就像是隻落入了獵人陷阱的野獸，不但憤怒、恐懼，而且還有種說不出的悲哀。

最悲哀的是，她連製造這陷阱的獵人是誰都沒有看見。

這噩夢就像是永遠都不會醒了。

田思思只恨不得能大哭一場，只可惜連哭都已哭不出。

這密室中更暗，更悶，她簡直已連氣都透不過來。

和尙頭上的血已漸漸凝結。

也許只有他才知道這所有的秘密，也許連他都不知道。

誰知道呢？

田思思用力咬著牙，只要能知道這是怎麼回事，她死也甘心。

聽不見風聲，也聽不見雨聲。

這裡彷彿本就是個墳墓，是爲了要埋葬她而準備的墳墓？

還是爲了要埋葬這和尙的？

無論如何，現在她和這和尙都在這墳墓裡。

她永遠也想不到自己竟會和一個和尙埋葬在同一個墳墓裡。

現在她已連鬼都不怕了，就算真的有個鬼來，她也很歡迎。

想到鬼，她就不禁想到了那大頭鬼。

「他在哪裡？是不是還在暗中一直跟著我？」

「那毯子是不是他替我蓋上的？」

「他知不知道以後永遠再也看不見我了？」

「他若知道，是不是會很傷心？」

廿三　少女的心

想到這裡，她不禁又覺得自己很無聊。

幾千幾萬個人都可以想，爲什麼偏偏去想他？

「我在這裡想他，他還不知道在那裡想誰呢！」

於是她就開始想她的父親，想田心，這些本是她最親近的人，但也不知爲了什麼，想到這些人時，好像總不如想「他」，想得那麼多，那麼深。

「這也許只因爲最近我總是跟他在一起。」

就連她自己也不能不承認，他的確是個很難被忘記的人。

也許天下所有的怪物都是這樣子。

田思思嘆了口氣，覺得自己的心亂極了。

在這一刻間，她的確想起了很多事，想起了很多奇奇怪怪的問題。

她想東想西，什麼都想，就是沒有去想一件事——怎麼樣離開這屋子？

一個少女的心，實在妙得很。

她們有時悲哀，有時歡喜，有時痛苦，有時憤怒，但卻很少會發覺到真正的恐懼。

恐懼本是人類最原始、最深切的一種情感。

但是在少女們的心目中，恐懼卻好像並不是一種很真實的感覺。

因爲她們根本就沒有認真去想過這種事。

何苦去問一個少女，在臨死前想的是些什麼？她的回答一定是你永遠也想不到的。

有個很聰明的人，曾經問過很多少女一個並不很聰明的問題：

「你覺得什麼是世上最可怕的事？」

他得到很多種不同的回答：

「被自己所愛的人拋棄最可怕。」

「洗澡時發現有人偷看最可怕。」

「老鼠最可怕——尤其是老鼠鑽進被窩時更可怕。」

「和一個討厭鬼在一起吃飯最可怕。」

「半夜裡一個人走黑路最可怕。」

「肥肉最可怕。」

還有些回答簡直是那聰明人連想都沒有想到過的，簡直令人哭笑不得。

但卻從來沒有一個女孩子的回答是：「死最可怕。」

屋子裡愈來愈熱，愈來愈悶。

田思思忽然想到了一碗用冰鎮過的蓮子湯。

一想到這件事，她就更覺得沒法子忍耐下去。

她簡直要發瘋。

幸好就在這時，她忽然聽到了一種很奇怪的聲音。

聲音竟是從地下發出來的。

她還沒有分辨出那是什麼聲音，忽然發現地上的石板在向上翻。

她跳起來，退到牆角。

地上已裂開了個大洞，一個人從洞裡慢慢的伸出頭來……

秦歌！

田思思又驚又喜，忍不住叫了起來。

秦歌看到她，也吃了一驚，看到伏在地上的和尚更吃驚，也忍不住失聲道：「你怎麼真的將他腦袋敲破了？」

田思思也叫道：「我正想問你，你就算要敲破他腦袋，也不必要他的命。」

秦歌道：「誰敲破了他腦袋，我根本連他的人在哪裡都不知道。」

田思思道：「你也不知道，誰知道？」

秦歌道：「你！你豈非一直都跟他在一起的？」

田思思又叫了起來，道：「誰一直都跟他在一起？他掉下去後，你豈非也掉了下去？」

秦歌道：「可是我掉下去後連他的影子都沒有看見。」

田思思怔了怔，道：「你看見了什麼？」

秦歌道：「什麼都沒有看見，下面什麼都沒有，就算有，我也看不見。」

田思思道：「爲什麼？」

秦歌道：「因爲下面連燈都沒有，黑黝黝的，我又不是蝙蝠，怎麼能看見東西。」

田思思道：「你怎麼找到這裡來的呢？」

秦歌道：「因爲這下面有條石階，我摸索了半天，才摸到這裡，一走上石階，石板就翻了起來，我還以爲是你在上面救我的哩！」

田思思苦笑道：「我可沒有那麼大的本事。」

秦歌道：「你又怎麼會到這裡來的呢？這和尙……」

田思思打斷了他的話，搶著道：「你不要瞎疑心，我來的時候，他就已經是這樣子了。」

秦歌皺眉道：「是誰殺了他？」

田思思道：「鬼才知道。」

聽到「鬼」字，秦歌臉上的顏色也不禁變了變，苦笑道：「看來這地方好像真有鬼，我只奇怪，你爲什麼一直耽在這裡？」

田思思道：「你以爲我不想走？」

秦歌道：「我以爲你在等我。」

田思思的臉好像有點發紅，道：「我怎麼知道你會從這裡鑽出來？」

秦歌道：「你既然不是在等我，爲什麼還不走？」

田思思嘆了口氣，道：「因爲我走不了。」

秦歌道：「爲什麼？」

田思思道：「我一走進這房子，門就從外面關起來了。」

秦歌動容道：「誰關的門？」

田思思道：「鬼才知道。」

這次談到「鬼」字，她自己的臉色也不禁變了變——死雖然好像並不十分可怕，鬼總是可怕的。

秦歌道：「你……你推不開這扇門？」

田思思道：「從外面鎖起來了，我怎麼推得開？」

秦歌道：「也許你沒有用力。」

田思思噘起嘴，道：「你以爲我真的那麼沒用？你爲什麼不自己去試試？」

秦歌當然要去試。

他剛伸出手輕輕一推，門就開了。

田思思幾乎不相信自己的眼睛，怔了半晌，忍不住大叫道：「這扇門剛才明明是從外面鎖上的，一點也不假。」

門既已開了，她已經可以出去，這本是件很開心的事。

但是她卻很生氣。

會不會被悶死在這裡是一回事，是不是被冤枉又是另外一回事了。

田大小姐寧死也不願被人冤枉。

秦歌嘆了口氣，道：「就算這扇門剛才是從外面鎖住的，現在我們總可以走了吧。」

田大小姐道：「我不走。」

秦歌也怔了怔，道：「爲什麼不走？」

田思思恨恨道：「你冤枉我，你以爲我騙你。」

秦歌眨眨眼，道：「誰說你騙我，你爲什麼要騙我？」

田思思道：「你嘴裡雖這麼樣說，心裡一定還是以爲我騙你。」

秦歌笑了，柔聲道：「我從來沒有以爲你騙過我，你說的話我從來沒有不信的。」

田思思道：「可是這扇門……」

秦歌道：「這扇門剛才當然是從外面鎖住的，那個人既然能偷偷摸摸的把門鎖上，自然也能偷偷摸摸的把門打開。」

田思思這才展顏一笑，但立刻又皺起眉，道：「但那個人是誰？爲什麼要鬼鬼祟祟的做這種事呢？」

秦歌道：「我們只要找到那個人，就一定能問出來的。」

田思思道：「對，我們一定要找到那個人，一定要問個清楚。」

這次她不等秦歌先走，就已先衝出去。

外面的屋子就涼快得多了。

桌上的那三碗茶，還好好的放在那裡。

茶當然已涼透。

田思思現在正需要一碗很涼很涼的茶。

只是在幾天前，她一定將這三碗茶先喝下去再說，但現在她總算已學乖了，已考慮到這茶裡是不是有毒？

她看不出茶裡是不是有毒，但老江湖總應該可以看得出的。

秦歌正是個老江湖。

她正想叫秦歌來看看，才發現秦歌還站在那裡發楞著。

田思思道：「喂，你在發什麼楞？在想什麼？」

秦歌抬起頭，看著她，忽然笑了笑，道：「我在想，這扇門若是真的開不開，倒也蠻有趣的。」

田思思道：「有趣，那有什麼趣？」

秦歌微笑道：「門若是真的開不開，我們豈非就要被關在裡面，關一輩子。」

田思思的臉又紅了，紅著臉道：「原來你也不是個好東西。」

秦歌笑道：「男人有幾個真是好東西？」

田思思忽又抬起頭，道：「你知不知道我本來是想嫁給你的？」

秦歌道：「知道。」

田思思咬著嘴唇，道：「但現在我們就算被人關在一間屋子裡，關一輩子，我也不會嫁給你。」

秦歌道：「爲什麼？」

田思思嘆了口氣，道：「因爲你雖然很好，但卻不是我心裡想嫁的那種人。」

秦歌眨眨眼，道：「你心裡想嫁的是哪種人？」

田思思怔了半晌，把嘴一抿，道：「等我找到時，我一定先告訴你。」

秦歌嘆了口氣，道：「你說這些話，也不怕我聽了難受？」

田思思道：「我知道你不會難受的，因爲你心裡想娶的，也一定不是我這種女人。」

秦歌大笑，道：「既然如此，看來我們只能做個好朋友了。」

田思思嫣然道：「永遠的好朋友。」

她忽然覺得很輕鬆，因爲她已將心裡想說的話說了出來。

秦歌道：「既然如此，我也不想跟你關在一間屋子裡了，還是快出去吧！」

田思思道：「對，出去找那個人。」

她突又想到這屋子的門剛才也已被人從外面鎖了起來，剛才她也沒有推開。

但這次她不敢再叫秦歌去試了。

她自己去試。

門果然沒有鎖上，她伸手輕輕一推，就開了。

「那人既然能將門鎖上，就也能打開。」

這倒並沒有令田思思覺得很吃驚，很意外。

令她吃驚的是，門一推開，外面就傳來一陣陣奇怪的聲音。

是什麼聲音？

是一種她做夢也沒有想到，會在這裡聽見的聲音。

三

門剛推開一線，門外就有各式各樣，亂七八糟的聲音傳進來，有骰子聲、洗牌聲、呼嚕喝斥聲、贏錢時的笑聲、輸錢時的嘆氣聲。

這裡本是個賭場，有這種聲音本是天經地義的事。

但賭場剛才豈非已不在了？這裡豈非已變成了個和尚廟？

何況連那些和尚都已走得乾乾淨淨。

這裡本已是個空屋子，哪裡來的這種聲音？

田思思幾乎忍不住驚得大叫起來，用力推開門。

門一推開，她就真的忍不住大叫起來。

誰說外面是和尚廟？

誰說外面是空房子？

外面明明是個賭場，燈火還輝煌，各式各樣的人在興高彩烈的賭錢。

各式各樣的人都有，就只沒有和尚。

連一個和尚都沒有。

剛才那奇蹟般消失了的賭場，現在又奇蹟般出現了。

你說這是怎麼回事？

這種事誰能解釋？

廿四　似真似幻

一

賭場裡燈火輝煌，每張賭桌旁都擠滿了人。

華燈初上，本就是賭場最熱鬧的時候。

天下所有的賭場都一樣。

但田思思看見這情況，卻比她剛才看見滿屋子的和尙還吃驚十倍。

她怔了很久，才回頭。

秦歌站在後面，張大了嘴，瞪大了眼睛，臉上的表情也好像剛被人在肚子上踢了一腳似的。

田思思用舌頭舔了舔發乾的嘴唇，吃吃道：「你看見了什麼？」

秦歌道：「一……一家賭場。」

田思思道：「你真的看見了？」

秦歌苦笑道：「誰知道是不是真的？——鬼才知道。」

田思思還想說話，忽然看見一個人笑嘻嘻的向他們走了過來。

一個穿得很講究的人，手裡端著個鼻煙壺，身材很高大，滿臉大鬍子，看他走路的樣子，就知道這人的下盤功夫不弱。

田思思不等他走過來，就先迎了上去，道：「這賭場開了多久了？」

這人好像覺得她這問題問得很妙，上上下下看了她幾眼，才笑道：「這賭場開張的那一天，姑娘只怕還是個小孩子。」

田思思勉強忍住心裡的驚懼，道：「賭場一開張，你就在這裡？」

這人又笑了笑，道：「這賭場的第一位客人，就是我請進來的。」

田思思道：「你一直都在這裡？」

這人道：「除了睡覺的時候都在。」

田思思道：「今天下午呢？」

這人道：「下午我本來通常都要睡個午覺的，但是今天恰巧來了幾位老朋友，所以我只有在這裡陪著。」

田思思用力握著雙手，忽然回過頭，道：「你……你……你聽見他說的話沒有？」

秦歌的臉也已發白，一個箭步竄過來，厲聲道：「你最好說老實話！」

這人面上露出吃驚之色，道：「我爲什麼要不說老實話？」

田思思接著道：「你究竟是什麼人？」

這人道：「我姓金……」

田思思道：「姓金？金大鬍子是你的什麼人？」

這人摸了摸臉上一部絡腮大鬍子，笑道：「在下就正是金大鬍子。」

田思思實在忍不住了，大叫道：「你不是金大鬍子，絕不是！」

這人顯得更吃驚，道：「我不是金大鬍子是誰？」

田思思道：「我不管你是誰，反正你絕不是金大鬍子！」

這時旁邊有人圍了過來。

田思思也沒有看清楚那都是什麼人，只看見一張張笑嘻嘻的臉，笑得又難看，又奇怪。

這人也在笑，忽然道：「姑娘怎知道我不是金大鬍子？」

田思思道：「因為我認得金大鬍子，他沒有鬍子，連一根鬍子都沒有。」

這人突然放聲大笑起來，指著田思思大笑道：「這位姑娘說金大鬍子沒有鬍子。」

所有的人全都放聲大笑起來，就好像聽到了個天大的笑話。

「金大鬍子怎麼會沒有鬍子？」

「他若沒有鬍子，怎麼會叫金大鬍子？」

笑聲又難聽，又刺耳。

田思思簡直快要急瘋了，氣瘋了，用盡全身力氣大聲叫道：「金大鬍子非但沒有鬍子，而且已做了和尚。」

這句話說出來，大家笑得更厲害，笑得彎下腰喘不過氣來。

「金大鬍子若是會去做和尚，天下的人只怕全都要去做和尚了。」

「這位姑娘若不是弄錯了人，就一定是中了暑，腦袋發暈！」

田思思跳了起來，道：「我一點也不暈，也沒有弄錯人，我親眼看見的。」

那大鬍子忍住笑，道：「看見了什麼？」

田思思道：「看見金大鬍子做了和尚。」

有人搶著道：「他好好的爲什麼要去做和尚？」

田思思道：「因爲有人逼他。」

那人問道：「誰在逼他？」

田思思道：「一個……一個和尚。」

笑聲愈來愈大、愈刺耳，她只覺自己的頭真的暈了起來。

這一天之中，她遇見的這些奇奇怪怪的事，究竟是真是假，連她自己都已分不清了。

突聽一人道：「你是說一個和尚？」

這聲音緩慢沉著，並沒有高聲喊叫，但在這哄堂大笑聲中，每個人卻都能聽得清清楚楚，就好像這人是在自己耳邊說話一樣。

就算不太懂武功的人，也知道說話的這人必定是內力深厚。

本來圍在一起的人，立刻都紛紛散開，不約而同向這聲音傳來的方向看了過去，才發現說話的這人竟然也是個和尚。

二

這和尚乾枯矮小，面黃肌瘦，看來就像是大病初癒的樣子，坐在那裡也比別人矮了一個頭。

但無論誰一眼看過去，都絕不會對他存絲毫輕視之心。

這並不是因爲他一雙眸子分外銳利，也不是因爲還有兩個相貌威嚴、態度沉著的中年和尚站在他身後；既不是因爲這些和尚穿的僧袍質料都很華貴，更不是因爲他們手裡數著的那串金光耀眼的佛珠。

到底是爲了什麼，誰也弄不清楚，只不過無論誰一眼看到他，心裡就會不由自主生出一種敬重之意。

就連田思思都不例外。

她雖然從來沒見過這和尚，也不知道這和尚是誰，但心裡卻覺得他必定是位得道的高僧。

高僧本如名士，無論在什麼地方都一樣受人注意。

奇怪的是，剛才誰也沒有看見他們，這屋子本來連一個和尚都沒有。

誰也沒有看見這三個和尚是從哪裡來的。

田思思眨眨眼，道：「你剛才是在問我？」

老和尚道：「女施主剛才是否說起一個和尚？」

田思思道：「是的。」

老和尚道：「那是個什麼樣的和尚？」

田思思沉吟著，道：「那和尚圓圓的臉，笑起來好像還有個酒窩。」

老和尚道：「他有多大年齡？」

田思思道：「年紀倒並不太大，但說起話來卻老氣橫秋。」

老和尚道：「是不是還有位道人跟他在一起？」

田思思道：「不但有個道士，還有個秀才。」

老和尚道：「現在他們的人呢？」

田思思道：「秀才和道士我沒有看見，只知道那和尚……」

她長長吐出口氣，接著道：「那和尚已死了！」

老和尚枯瘦蒼老的臉上一點表情都沒有，但突然間，「砰」的一聲，他坐著的一張紅木椅子竟已片片碎裂！

這老和尚卻還是穩如泰山般，懸空坐在那裡，一動也不動。

每個人都不禁在暗中倒抽了口涼氣，再也沒有人笑得出來了。

過了很久，才聽得這老和尚一字字道：「他死在哪裡的？」

田思思往後面的那扇門裡指了指。

她手指剛指出，老和尚身後的兩個中年僧人已橫空掠起。

只聽衣袂帶風之聲「獵獵」作響，數十人身上的衣襟都被勁風帶起，有的人甚至連帽子都已被吹走。

田思思忍不住偷偷瞟了秦歌一眼。

秦歌的臉色也很沉重，脖子上的紅絲巾似已濕透。

再見那兩個中年僧人已從門裡走出來，架著那和尚的屍體。

兩人雖在盡力控制著自己，但目中卻已充滿了憤怒之色。

老和尚只看了一眼，就垂下眼簾，雙手合什，低宣佛號。

等他再張開眼來，田思思突然覺得好像有道電光在眼前一閃。

老和尚忽然已到了她面前，一字字道：「女施主尊姓？」

田思思輕輕咳嗽了兩聲，道：「我姓田，叫田思思。」

老和尚靜靜的看了她兩眼，目光突然轉到秦歌身上，道：「這位施主呢？」

秦歌道：「在下秦歌。」

老和尚道：「是不是三戶亡秦那個秦？慷慨悲歌那個歌？」

秦歌道：「正是。」

老和尚慢慢的點了點頭，滿帶病容的臉上突然有一根根青筋盤蛇般暴起。

但他的聲音還是沉著得很，一字字道：「好，好武功，好身手，果然是名不虛傳。」

田思思忍不住又叫了起來，道：「這和尚不是他殺的，你莫要弄錯了人。」

老和尚道：「不是他殺的，是你？」

田思思道：「怎麼會是我，我進去的時候，他早已死了。」

老和尚道：「進到哪裡去？」

田思思道：「就是裡面那屋子？」

老和尚道：「那時秦施主已在屋子裡？」

田思思道：「不在，他是後來才去的，剛進去沒多久。」

那大鬍子突然道：「那裡是在下的私室，別無通路，秦大俠若是剛進去的，在下等為什麼沒有瞧見？」

田思思道：「他不是從這裡進去的。」

老和尚道：「這位施主剛才已說得很明白，那屋子別無通路。」

田思思道：「他……他是從地下鑽出來的。」

她自己也覺得這句話很難令人相信，所以立刻又解釋著道：「今天下午我們來的時候，這和尚還沒有死，還在跟我們說話的時候，突然掉到地道下去了。」

老和尚道：「然後呢？」

田思思道：「然後秦歌也掉了下去。那時屋子裡已沒有別的人，一屋子的和尚都已走了，所以我就進去找他們，才發現這和尚已死在這裡面，我想退出來的時候，門已從外面鎖著。」

她一口氣說到這裡，才發現每個人都瞪大了眼睛在看著她。

每個人都好像想笑，又笑不出。

只有那老和尚目中全無笑意，沉聲道：「姑娘是今天下午來的？」

田思思道：「那時剛過午時沒多久，距離現在最多只有一個半時辰。」

老和尚道：「那時這屋子沒有人？」

田思思道：「有人。」

老和尚道：「是不是這些人？」

田思思道：「不是，是一屋子和尚，金大鬍子也在其中。」

那大鬍子忍不住笑了笑，插嘴道：「在下從未做過和尚，人人都可證明！」

老和尚道：「有沒有人能夠爲女孩子證明？那一屋子和尚呢？」

田思思道：「都……都已走了。」

老和尚道：「到哪裡去了？」

田思思道：「不知道。」

老和尚道：「他們走了後，這裡還有別的人嗎？」

田思思道：「沒有，一個也沒有！」

這句話沒說完，她已發現有人在忍不住偷偷的笑。

等這句話說完，已有人忍不住笑出聲來。

老和尚目光閃動，四面看了一眼，道：「各位今天下午都在哪裡？」

幾十人紛紛搶著道：「就在這裡！」

老和尚道：「各位是幾時來的？」

有人道：「就是下午來的。」

也有人道：「昨天晚上就來了。」

老和尚道：「各位有沒有離開過？」

大家又搶著道：「沒有，絕對沒有。」

賭徒們賭得正高興的時候，就算用鞭子來趕，也趕不走的。

田思思氣得簡直要發瘋，大叫道：「他們在胡說，今天下午，這屋子裡明明沒有人——這些人連一個都不在這裡。」

老和尚看著她，冷冷道：「這裡七八十位施主都在胡說，只有你沒胡說？」

田思思道：「我爲什麼要胡說？」

老和尚道：「你可知道死的和尚是誰？」

田思思道：「不知道。」

老和尚目中已充滿悲憤之意，道：「他法號上無下名，正是老僧的師弟。」

那大鬍子突然失聲道：「莫非就是空門第一俠僧，人稱『多事和尚』的少林無名大師？」

老和尚長嘆道：「既然是僧，又何必俠？既然無名，又何必多事？他不入地獄？誰入地獄？」

大鬍子動容道：「那麼，大師你——」

老和尚道：「老僧無色，來自少林。」

這名字說出來，突然沒有人說話，也沒有人笑了。

無論是不是武林中人，對少林寺兩大護法高僧的名字，總是知道的。

田思思一直很怒，一直很氣，一直在暴跳如雷。

但現在也靜了下來。

因為她突然感覺到一種冷入骨髓的寒意，就好像在寒夜中突然一腳踏入已將結冰的湖水裡。

這是賭場也好，是廟也好，金大鬍子有鬍子也好，沒鬍子也好，那都沒有什麼太大的關係。

但若殺了少林寺的弟子，殺了江湖中最得人望的俠僧，卻完全是另外一回事了。

田思思直到這時，才發現這奇奇怪怪的事完全是一件早已計劃好的陰謀。

這陰謀非但可怕，而且真的能要命。

她和秦歌顯然已被套入這要命的陰謀裡，要想脫身，只怕很不容易。

她第一次真正瞭解到，被人冤枉是一件多麼可怕的事。

每個人都在盯著她，眼色卻已和剛才完全不同了。

剛才大家最多不過將她當做瘋瘋癲癲的女孩子，說些瘋瘋癲癲的謊話，還覺得她很可笑。

但現在大家看著她的時候，簡直就好像在看著個死人似的。

「我為什麼要說謊？」

「你當然要說謊，無論誰殺了無名大師，都絕不會承認的。」

田思思衝過去嘶聲道：「我跟你們無怨無仇，你們為什麼要害我？」

大鬍子冷冷的睨著她，腳下一步步往後退。

別的人也跟著往後退，就好像她身上帶著什麼瘟疫，生怕自己會被她沾上。

田思思衝出去，揪住一個人的衣襟，道：「我知道你是個老實人，你為什麼不告訴他們，你今天下午根本不在這裡，這裡根本連一個人都沒有！」

她一生從未求過別人，但此刻目中卻充滿了懇求之色。

這人臉色雖已發白，卻還是一口咬定，冷冷道：「今天下午我若是不在這裡，怎麼會輸了五百兩銀子？」

田思思眼睛都紅了，忍不住反手一個耳光摑了過去。

這人摸了摸臉，既不生氣，也不計較。

誰也不會跟死人計較的。

那老和尚可真沉得住氣，在這種時候，他居然閉起眼睛，數著念珠，居然像是在替無名和尚的亡魂唸起經來。

他當然不必著急。

死人本就跑不了的。

田思思又衝過去，大聲道：「好，我再說一句話，我跟他無冤無仇，連他的名字都不知道，有什麼理由要殺他？」

無色大師沉默了很久，才緩緩道：「據說他已入了山流。」

山流？

田思思道：「他入了山流，所以我就要殺了他？」

無色大師道：「要殺他的，只怕還不止你們；一入山流，已無異捨身入地獄。」

田思思又跳了起來，大聲道：「這才是見你的鬼，我連山流是什麼玩意兒都不知道。」

無色大師沉下了臉，道：「在老僧面前，誰也不敢如此無禮。」

田思思道：「是你無理？還是我無理？我就算想殺他，只怕也沒有那麼大的本事。」

秦歌一直站在那裡，好像在發怔，此刻突然嘆了口氣，道：「沒有用的。」

田思思道：「什麼沒有用？」

秦歌道：「你無論說什麼都沒有用。」

田思思道：「可是我——」

秦歌道：「你雖然沒有殺他的本事，我卻有。」

田思思道：「可是你並沒有殺他。」

秦歌道：「除了你之外，誰能證明我沒有殺他？」

田思思怔住了。

秦歌突然仰面狂笑，道：「秦某身上的刀傷創傷，大大小小不下五百處，又豈在乎多中這一次暗箭！」

無色大師沉聲道：「老僧也久聞秦施主你是條硬漢……」

秦歌大笑道：「不錯，好漢做事好漢當，你若一定要說我殺了他，就算我殺了他又何妨！」

無色大師道：「好，既是如此，就請施主跟老僧回少林一趟。」

秦歌道：「走就走，莫說少林寺，就算刀山油鍋，我姓秦的也一樣跟你去。」

田思思突然拉住他衣袖，道：「你……你跟他回少林寺幹什麼？」

秦歌笑了笑，道：「隨便他們想幹什麼都行。」

田思思咬著牙道：「他們是想要你的命。」

秦歌道：「我這條命本就是撿回來的。」

田思思道：「你撿回這條命並不容易，怎麼能就這樣不明不白的被人帶走？」

那相貌威嚴的中年僧人突然插口道：「姑娘莫忘了，殺人者死，這不但是天理，而且也是國法。」

田思思道：「莫忘了你是個出家人，怎麼能口口聲聲的要死要活，佛門中人不能妄開殺戒，這句話你師傅難道沒有教過你？」

中年僧人冷冷道：「小姑娘好厲害的嘴。」

田思思道：「這只怪大和尚的眼睛太不利，連好人壞人都分不清。」

中年僧人沉下了臉，厲聲道：「出家人的嘴雖不利，但……」

無色大師突然低叱道：「住口！你修行多年，怎麼也入了口舌障？」

中年僧人雙手合什，躬身而退，道：「弟子知罪。」

到了這時，每個人心裡都有了兩個結論。

少林寺果然是戒律森嚴，但也絕不容任何人輕犯。

秦歌果然是條硬漢。

但這件事的結論是什麼呢？到現在還沒有人知道。

無色大師沉聲道：「正因老僧不願妄開殺戒，所以此番才要將秦施主帶回去。」

田思思道：「帶回去幹什麼？」

無色大師道：「照門規處治。」

田思思道：「他也不是少林寺的弟子，你怎麼能以門規處治他？」

無色大師道：「他殺的是本門弟子，本門就有權以門規處治他。」

田思思道：「誰說他殺了你少林寺的和尚？」

無色大師道：「事實俱在，何必人說。」

田思思冷笑道：「什麼叫事實俱在？有誰看見他殺了多事和尚，有誰能證明是他下的手？」

無色大師道：「那時只有你們才有下手的機會。」

田思思道：「爲什麼？」

無色大師道：「那時只有你們跟他在一起。」

田思思道：「那時你在哪裡？」

無色大師道：「還在路途之上。」

田思思道：「你既然還在路上，怎麼知道這裡的事？怎麼知道那屋子裡沒有別人進去過？」

無色大師面上已不禁現出怒容，道：「小姑娘怎能強詞奪理？」

田思思冷冷地道：「是老和尚強詞奪理，不是小姑娘。」

無色大師怒道：「好個尖嘴利舌的小婦人，老僧的口舌雖不利，但降魔的手段仍在。」

他已忘了這些話正是他剛才禁止他那徒弟說出來的。

那中年僧人眼觀鼻，鼻觀心，連看都不敢往他這邊看。

田思思冷笑道：「原來只許老和尚妄動嗔心，小和尚就不能……」

無色大師厲聲道：「住口！若有人再敢無禮，就莫怪老僧手下無情了。」

田思思道：「你想動武？好！」

她轉身拍了拍秦歌的肩，道：「他想動武，你聽見了沒有？」

秦歌道：「聽見了。」

田思思道：「你怕不怕？」

秦歌笑道：「我本就只會動手，不會動口。」

田思思拍手笑道：「這就對了，硬漢是寧可被人打破腦袋，也不能受人冤枉的，否則就不能算硬漢，只能算豆腐。」

秦歌道：「好，我聽你的！」

話還沒說完，他拳頭已飛出，一拳向離他最近的那中年人僧人迎面打了過去。

他出手可真快。

那中年僧人倒也不是弱者，沉腰坐馬，左手往上一格，右拳已自下面的空門中反擊而出。

少林寺本以拳法揚名天下，這一著連消帶打，正是少林「伏虎羅漢拳」中的妙著。

誰知秦歌竟然不避不閃，硬碰硬的挨了他這一拳。

「砰」的一聲，那中年僧人的拳頭已打在他的肚子上。

看的人一聲驚叫，誰也想不到威名赫赫的秦歌竟這麼容易就被人打著。

更想不到的是，看的人雖然驚呼出聲，挨打的人卻一點事也沒有。

那中年僧人一拳打在他肚子上，就好像打上塊大木頭，剛怔了怔。

無色大師已叱道：「小心。」

叱聲還沒有完，這中年僧人的拳頭已被秦歌扣住。

接著，秦歌的拳頭也打在他肚子上。

這中年僧人可就挨不起了，踉蹌後退，雙手掩住肚子，黃豆般大的冷汗，一粒粒往外冒，再也直不起腰來。

田思思這才鬆了口氣，笑道：「你這叫什麼功夫？」

秦歌道：「這就叫挨打的功夫。」

田思思道：「挨打也算功夫？」

秦歌道：「這你就不懂了，未學打人，先學挨打，我的功夫就在這『挨』字上，不但能挨拳頭，還能挨刀。」

他的確能挨刀，誰也不能不承認這一點。

他至少已挨過四百七十二刀。

田思思笑道：「不錯，你打他一拳，他也打了你一拳，本來沒輸贏的，只可惜他沒有你這麼樣能挨打。」

秦歌笑道：「這道理你總算明白了。」

無色大師鐵青著臉，慢慢的走了過來，冷笑道：「好，老僧倒要看看，你有多能挨？」

秦歌道：「你也想試試？」

無色大師道：「請！」

秦歌道：「好！」

他拳頭立刻飛出，用的還是和剛才一樣的招式。

無色大師沉腰坐馬，左手往上一格，右手已跟著反擊而出。

這一招也和那中年僧人剛才使的一模一樣。

可是行家一伸手，就知有沒有；不怕不識貨，就怕貨比貨。

無色大師身材和拳頭雖都比那中年僧人小得多，但這一招神充氣足，勁力內蘊，就算是塊大木頭，也要被打得稀爛。

誰知秦歌這一次竟不挨打了。

他身子突然躍起，凌空一個翻身，已經從無色大師頭頂上掠過，駢指如劍，急點無色大師腦後的「玉枕穴」。

事。

這一招不但險絕、妙絕，而且出手又準又快，已和剛才那種硬拚硬的招式完全是另一回事。

無色大師低叱道：「好！」

叱聲中，大仰身，鐵板橋，「叮叮噹」一串響，鐵念珠套向秦歌手腕。

秦歌雙腿往後一踢，身子就突然移開三尺，腳尖在一個人肩上一點，跟著就沖天飛起。

誰知無色大師的鐵念珠也跟著脫手飛出，風聲急厲，如金刃破風。

秦歌的退勢再急，總也不如鐵念珠的去勢急。

就算他真的能挨，但被這鐵念珠打在身上——無論打在什麼地方，都不會很好受的。

田思思又已不禁驚呼出聲，誰知在這時，突聽「蓬」的一聲，屋頂上突然裂了個大洞。

一隻手從洞裡伸出來，一下子就將那串佛珠抄走。

無色大師怒喝道：「誰？」

屋頂有人笑道：「一個擊敲和尚腦袋的人，尤其是多事的和尚。」

田思思大喜叫道：「莫讓他走，也許他就是殺無名和尚的人。」

根本用不著她叫，無色大師一撩衣衫，孤鶴沖天，旱地拔蔥式，人已如一隻灰鶴似的自屋頂的大洞裡穿了出去。

就在這同一剎那，屋頂上又飛下十幾點寒星，「叮！叮！叮！」一連串急響，屋子裡所有的燈光全都已被擊滅。

黑暗中人群大亂。

幸好田思思早已認準了秦歌落下來的地方，立刻衝了過去，低叫道：「你在哪裡？」

一隻手伸過來，握住了她的手。

田思思道：「我們犯不上跟他們打這場糊塗官司，走吧。」

秦歌的聲音道：「現在就走，豈非被人認定了是兇手？」

田思思道：「你不走別人更認定你是兇手。」

秦歌嘆了口氣，道：「好，走就走。」

門是開著的。

門外有星光射入。

田思思拉住秦歌衝了過去，突見一個人迎面擋在門口，手裡提著柄快刀，滿臉大鬍子，厲聲喝道：「這兩人想溜，快來擋住！」

喝聲中，一刀往秦歌砍了過來。

秦歌冷笑，突然衝過去，迎著刀光衝過去。

他什麼都怕，就是不怕刀。

多快的刀都不怕。

那大鬍子反而慌了，一刀還未砍下，手裡的刀已被秦歌劈面奪走。

廿五 高手

一

只見刀光一閃。

刀光就貼著大鬍子的面前飛過。

大鬍子只覺臉上一涼，嚇得心膽皆喪，不由自主伸手往臉上一摸，下巴上好像是光溜溜的。

再見眼前黑絲飛舞，原來是他的鬍子。

他臉上的大鬍子竟已被人一刀剃得精光。

好快的刀，好妙的刀。

大鬍子的腿都軟了，一跤坐在地上。

只聽田思思的笑聲從門外傳來，吃吃的笑著道：「我早就說過，金大鬍子是沒有鬍子的。」

秦歌大笑道：「連一根鬍子也沒有。」

二

現在鬍子總算沒有問題了。

但和尚呢？

和尚究竟是誰殺的？是不是從屋頂上伸出手來的那個人？

他為什麼要殺和尚！為什麼要救秦歌？

他又是誰呢？

看來這些問題並不是很快就會解決的，要解決也很不容易。

星光滿天。

田思思停下來，喘著氣。

這裡總算再也看不見和尚，看不見大鬍子了。

田思思看看秦歌的臉，忽然笑道：「幸好你沒有留鬍子，你運氣真不錯。」

秦歌道：「我運氣還不錯？」

田思思道：「你若留了鬍子，我一定把它一根根的拔下來。」

她忽又皺起眉，道：「你認不認得那大鬍子？」

秦歌道：「非但不認得，連見都沒見過。」

田思思道：「我也沒見過，我見過的人裡面，鬍子最多的，也沒有他一半那麼多。」

秦歌看了看手裡的刀，忍不住笑道：「幸好這把刀很快，否則還真不容易一下子把他的鬍子割下來。」

田思思也笑了，道：「想不到你除了挨打的本領外，刀法也不錯。」

秦歌道：「一個人若挨了四百七十二刀，刀法怎麼樣也錯不了的。」

田思思嘆了口氣，道：「但那老和尚也實在厲害，看起來就像是隻皮猴子似的，想不到竟那麼難對付。」

秦歌道：「少林寺上上下下，幾千個和尚，連一個好對付的都沒有，何況他還是那幾千個和尚裡面，最難對付的一個。」

田思思道：「他真的是少林第一高手？」

秦歌道：「就算不是第一，也差不遠了。」

田思思嘆道：「這就難怪連你都不是他的對手了。」

秦歌瞪眼道：「誰說我不是他的對手？」

田思思撇了撇嘴，道：「我也知道若不是有人救你，你已經……」

秦歌搶著道：「那不能算數。」

田思思道：「爲什麼？」

秦歌道：「因爲他用了兵刃，我卻是空手的，先就已吃了虧。」

田思思道：「他用的也不過是串念珠而已。」

秦歌道：「那念珠就是他的兵器，出家人走在外面，總不好意思拿刀帶劍的；尤其是他這種身分地位的和尙，所以只有用這種不像兵器的兵器。」

田思思眨眨眼，道：「他若也空手呢？你就能擊敗他？」

秦歌笑了笑，道：「至少總差不多。」

田思思道：「少林派是武林正宗，幾百年來，還沒有一派的名聲能蓋過他的，你武功既然和少林的第一高手差不多，豈非已天下無敵？」

秦歌道：「嘿嘿！哈哈！」

田思思道：「嘿嘿哈哈是什麼意思？」

秦歌笑道：「就是我並不是天下無敵的意思。」

田思思也笑了，道：「你總算很老實。」

秦歌嘆了口氣，道：「大俠不能不老實。」

田思思道：「依你自己看，世上有幾個人武功比你高？」

秦歌想了想，道：「不多。」
田思思道：「不多是什麼意思？」
秦歌道：「不多就是也不少的意思。」
田思思道：「究竟有幾個？」
秦歌想了想，道：「聽說東海碧螺島，翡翠城的城主，劍法之快，天下無雙。」
田思思道：「他算不算天下第一？」
秦歌道：「不算。」
田思思道：「誰能算天下第一？」
秦歌道：「小李飛刀！」
說出這四個字時，甚至連他臉上都不禁顯出景仰敬重之色。
無論誰提起「小李飛刀」這名字時，都不能不佩服的。
不佩服的人早已全都「再見」了。
田思思也不禁爲之動容，道：「你說的是不是李尋歡李探花？」
秦歌嘆道：「除了他還有誰？」
田思思道：「聽說他歸隱已久，現在難道還在人世？」
秦歌道：「當然還在，這種人永遠都在的。」

他說的不錯。

有種人好像永遠都不會死的，因爲他們永遠活在人們心裡。

田思思道：「我們不算那些已隱歸的人，只算現在還在江湖中走動的。」

秦歌道：「那就不太多了。」

他想了想，又接著道：「少林掌門無根，內力之深厚，無人可測。」

田思思道：「你跟他交過手了？」

秦歌道：「沒有，我不敢。」

田思思嫣然道：「好，算他一個。」

秦歌道：「還有武當的飛道人，巴山劍客顧道人，大漠神龍……這些人我也最好莫要跟他們交手。」

田思思道：「只有這幾個？」

秦歌道：「除此之外，至少還有一個。」

田思思道：「誰？」

秦歌道：「剛才救我的人。」

田思思道：「那人你連看都沒有看見，怎麼知道他武功高低？」

秦歌道：「他在屋頂上，能一伸手就穿過屋頂，而且剛巧接住無色大師的念珠，就憑這一手，我根本就比不上。」

田思思也不能不承認，點頭道：「這一手實在很了不起。」

秦歌道：「還有一手。」

田思思道：「是不是打滅燈光的那一手？」

秦歌道：「不錯，那樣的暗器功夫，簡直已無人能及。」

田思思道：「你想，無色和尙是不是他殺的？」

秦歌嘆道：「我只知道，那和尙不是我殺的。」

田思思道：「那些人跟我們無冤無仇，連面都沒見過，爲什麼一定要冤枉我們呢？」

秦歌沉吟道：「他們用的也許是嫁禍江東之計。」

田思思皺了皺眉，道：「嫁禍江東之計？」

秦歌道：「這句話的意思你不懂？」

田思思道：「我當然懂，你是說他們想要無名和尙死，卻又怕少林派的人來復仇，所以才想出這法子來嫁禍給你。」

秦歌道：「差不多就是這麼回事。」

田思思道：「但『他們』究竟是些什麼人呢？爲什麼一定要無名和尙死？」

秦歌道：「你知不知道少林派這三個字的意思？」

田思思道：「我知道！」

她應該知道。

數百年來，「少林派」這三個字在江湖人心目中，就等於是「武林正宗」的意思。

所以只要是正常的人，誰也不願意去冒犯他們的。

秦歌道：「你知不知道這無名和尚在少林寺中的地位？」

田思思道：「他地位好像不低。」

秦歌嘆了口氣，道：「何止不低而已。」

田思思道：「聽說少林寺中地位最高的，除了掌教方丈之外，就是兩大護法。」

秦歌道：「嚴格說來，不是兩大護法，而是四大護法。」

田思思道：「究竟是兩大？還是四大？」

秦歌道：「最正確的說法，是兩大兩小。」

田思思笑了，道：「想不到做和尚，也像做官一樣，還要分那麼多階級。」

秦歌道：「人本來就應該有階級。」

田思思道：「但我卻認為每個人都應該是同樣平等的，否則就不公平。」

秦歌道：「好，我問你，一個人若是又笨又懶，一天到晚，除了吃飯睡覺外，什麼事都不做，他會變成個什麼樣的人？」

田思思道：「要飯的。」

秦歌道：「還有另外一個人，又勤儉、又聰明、又肯上進，他是不是也會做要飯的？」

田思思道：「當然不會。」

秦歌道：「爲什麼有人會做要飯的？有人卻活得很舒服呢？」

田思思道：「因爲有的人笨，有的人聰明，有的人勤快，有的人懶。」

秦歌道：「這樣子是不是很公平？」

田思思道：「很公平。」

秦歌道：「人，是不是應該有階級？」

田思思道：「是。」

秦歌道：「每個人站著的地方，本來都是平等的，只看你肯不肯往上爬，你若站在那裡乘涼，看著別人爬得滿頭大汗，等別人爬上去之後，再說這世界不平等、不公平，那才是真正的不公平。」

他慢慢的接著道：「假如每個人都能明白這道理，世上就不會有那麼多仇恨和痛苦存在。」

田思思凝視著他，忽然輕輕嘆了口氣，道：「我忽然發現你講話愈來愈像一個人了。」

秦歌道：「像誰？」

田思思搖了搖頭，嘆息著道：「你不會認得他的。他……」

她咬住嘴唇，沒有再說下去。但卻在心裡問自己：「那大頭鬼為什麼連人影都不見了，我以後還會不會再見到他？」

秦歌忽又道：「我們剛才說到哪裡了？」

田思思紅著臉笑了笑，道：「我們在說少林寺的護法，有兩大兩小。」

秦歌道：「兩大護法的意思，就是說這兩人年紀都已不小，而且修為甚深，所以不到萬不得已時，絕不過問人間事。」

田思思道：「兩小護法呢？」

秦歌道：「這兩位護法的年紀通常都還在壯年，少林寺真正管事的人就是他們，所以這兩人非但一定極精明公平，武功也一定很高。」

田思思道：「這麼樣說來，原來兩小護法也並不小。」

秦歌點點頭，道：「那無名和尚本來就是少林寺的護法，也就是當今掌門方丈的小師弟。」

田思思道：「看起來他倒不像有這麼大來頭的。」

秦歌道：「數百年來，敢殺少林寺護法的，只有一種人。」

田思思道：「哪種人？」

秦歌道：「瘋人。」

田思思失笑道：「你難道認爲那些人都瘋了？」

秦歌道：「瘋人卻有兩種。」

田思思道：「哪兩種。」

秦歌道：「一種是自己要發瘋，一種是被別人逼瘋的。」

田思思眼珠子轉動，道：「你以爲他們是被無名和尚逼瘋的？」

秦歌道：「一定不會錯。」

田思思道：「無名大師爲什麼要逼他們？」

秦歌道：「因爲這和尚喜歡多事。」

田思思道：「他既然是少林寺的護法，爲什麼還要多事？」

廿六　誰是高手

一

秦歌道：「我只說他本來是少林寺的護法。」
田思思道：「本來是，現在可不是了？」
秦歌道：「六七年前就已不是。」
田思思道：「是不是被人家趕了出來？」
秦歌道：「也不是，是他自己出走的。」
田思思道：「好不容易才爬到那麼高的地位，爲什麼要走呢？」
秦歌道：「因爲少林寺太冷，他的心卻太熱。」
田思思道：「出家人是不是不能太熱心？」
秦歌道：「所以他寧可下地獄。」
田思思也嘆了口氣，道：「我現在才總算明白了這句話的意思。」
秦歌道：「哦？」

田思思道：「有種人下地獄並不是被趕下去的，而是他自己願意下去救別人。」

秦歌微笑道：「你能明白這句話，就已經長大了很多。」

田思思噘起嘴，道：「我本來就已是個大人了。」

秦歌道：「你本來也不過是位大小姐，現在才能算是個大人。」

田思思沒有再說什麼。

因爲她自己也已發現，這幾天來她實在已長大了很多——甚至好像比以前那十幾年長得還多些。

她已懂得「大小姐」和「大人」之間的距離。

這距離本是一位大小姐永遠不會懂得的。

過了很久，她忽又問道：「剛才那老和尚說了句很奇怪的話，不知道你聽懂了沒有？」

秦歌道：「老和尚說的話，十句裡總有七八句是奇奇怪怪的。」

田思思道：「但那句話特別不一樣。」

秦歌道：「哪句？」

田思思道：「其實也不能算是一句話，只是兩個字。」

秦歌道：「兩個字？」

田思思道：「山流。」

一聽到這兩個字，秦歌的表情果然變得有點不同了。

田思思道：「那老和尚說無名和尚應該下地獄，因爲他已入了山流，你聽見了沒有？」

秦歌點點頭。

田思思道：「山流是什麼意思？」

秦歌沉默了很久，才緩慢道：「山流就是一群人。」

田思思道：「一群人？」

秦歌道：「一群朋友，他們的興趣相同，所以就結合在一起，用『山流』這兩個字做他們的代號。」

田思思道：「他們的興趣是什麼？」

秦歌道：「下地獄。」

田思思道：「下地獄救人？」

秦歌道：「不錯。」

田思思道：「在他們看來，賭場也是地獄，他們要救那些已沉淪在裡面的人，所以才要把賭場改成和尙廟？」

秦歌道：「和尙廟至少不是地獄，也沒有可以燒死人的毒火。」

田思思道：「但他這麼樣做，開賭場的人卻一定會恨他入骨。」

秦歌道：「不錯。」

田思思道：「所以那些人才想要他的命。」

秦歌道：「不錯。」

田思思道：「江湖中的事，我也聽過很多，怎麼從來沒有聽說過『山流』這兩個字？」

秦歌道：「因爲那本來就是種很秘密的組織。」

田思思道：「他們做的又不是見不得人的事，爲什麼要那麼秘密？」

秦歌道：「做了好事後，還不願別人知道，才是真正的做好事。」

田思思道：「但真正要做好事，也並不太容易。」

秦歌道：「的確不容易。」

田思思道：「要做好事，就要得罪很多壞人。」

秦歌道：「不錯。」

田思思道：「壞人卻不太好對付的。」

秦歌嘆道：「所以他們無論做什麼事，都要冒很大的險，一不小心就會像無名和尚那樣，不明不白的死在別人手上。」

田思思道：「但他們還是要去做，明知有危險也不管？」

秦歌道：「無論多困難、多危險，他們都全不在乎，連死都不在乎。」

田思思嘆了口氣，眼睛卻亮了起來，道：「不知道以後我有沒有機會認得他們。」

秦歌道：「機會只怕很少。」

田思思道：「爲什麼？」

秦歌道：「因爲他們既不求名，也不求利，別人甚至連他們是些什麼人都不知道，怎麼去認得他們？」

田思思道：「你也不知道他們是些什麼人？」

秦歌道：「到現在爲止，我只知道一個無名和尙，若非他已經死了，無色只怕還不會洩露他的身分。」

田思思道：「除了他之外，至少還有個秀才，有個道士。」

秦歌點點頭，道：「他們當然可能是『山流』的人，但也可能不是，除非他們自己說出來，誰也不能確定。」

田思思沉吟著，道：「這群人裡面既然有和尙，有道士，有秀才，也就可能有各種奇奇怪怪的人。」

秦歌道：「不錯，聽說『山流』之中，份子之複雜，天下武林江湖沒有任何一家幫派能比得上。」

田思思道：「這些人是怎麼會組織起來的呢？」

秦歌道：「因為一種興趣，一種信仰。」

田思思道：「除此之外，就沒有別的？」

秦歌道：「除此之外，當然還有一個能組織他們的人。」

田思思道：「這人一定很了不起。」

秦歌道：「一定。」

田思思眼睛又發出了光，道：「我以後一定要想法子認得他。」

秦歌道：「你沒有法子。」

田思思道：「為什麼？」

秦歌道：「因為根本沒有人知道他是誰。」

田思思眼波流動，道：「所以，任何人都可能是他。」

秦歌道：「不錯。」

田思思盯著他，道：「你也可能就是他。」

秦歌笑了，道：「我若是他，一定告訴你。」

田思思道：「真的？」

秦歌笑道：「莫忘了我們是好朋友。」

田思思嘆了口氣，道：「只可惜你不是。」

秦歌道：「我也不是山流中的人，因爲我不夠資格。」

田思思道：「爲什麼不夠資格？」

秦歌道：「要入山流，就得完全犧牲自己，就得要有下地獄的精神，赴湯蹈火也萬死不辭！」

田思思道：「你呢？」

秦歌嘆道：「我不行，我太喜歡享受。」

田思思嫣然道：「而且你也太有名，無論走到哪裡去，都有人注意你。」

秦歌苦笑道：「這正是我最大的毛病。」

田思思嘆道：「他們選你做替死鬼，想必也正是爲了你有名，既然無論什麼地方都有人認得你，你就算想跑，也跑不了。」

秦歌苦嘆道：「人怕出名豬怕肥，這句話真他媽的對極了。」

田思思道：「現在非但少林派的人要找你，山流的人也一定要找你。」

秦歌道：「山流的人比少林派還可怕。」

田思思道：「你這麼樣一走，他們更認定你就是兇手了。」

秦歌只有苦笑。

田思思看著他，又忍不住長長嘆息了一聲，垂下頭道：「我現在才知道我做錯了一件事。」

秦歌道：「什麼事做錯了？」

田思思道：「剛才我不該叫你跑的。」

秦歌道：「的確不該。」

田思思咬著嘴唇，道：「但你爲什麼要跟著我走呢？」

秦歌道：「也許我並不是爲了你而走的呢？」

田思思道：「不是爲了我，是爲了誰？」

秦歌道：「剛才救我的那個人。」

田思思道：「你知道他是誰？」

秦歌點點頭道：「除了他之外，天下所有的人加起來，也未必能拉我走。」

田思思道：「爲什麼？」

秦歌道：「因爲我心裡真正佩服的，只有他一個人。」

田思思張大了眼睛，道：「想不到你居然也有佩服的人。」

秦歌道：「像他那樣的人，你想不佩服他都不行。」

田思思道：「他是個怎麼樣的人？」

秦歌道：「一個叫你不能不佩服的人。」

田思思道：「他究竟是誰？」

秦歌笑了笑，笑得好像很神秘。

田思思目光閃動，道：「是不是柳風骨？」

秦歌不開腔。

田思思道：「是不是岳環山？」

秦歌還是不開腔。

田思思道：「你爲什麼不開腔？」

秦歌笑了，道：「你認不認得他們？」

田思思道：「現在還不認得。」

秦歌道：「我也不認得。」

田思思好像很意外，道：「你怎麼會連他們都不認得？」

秦歌微笑道：「因爲我很走運。」

田思思瞪了他半天，忽然撇了撇嘴，冷笑道：「現在我知道你佩服的人是個怎麼樣的人了。」

秦歌道：「哦？」

田思思道：「他一定是個不如你的人，所以你才會佩服他。」

她不讓秦歌開口，又搶著說道：「男人在女人面前稱讚另一個男人的時候，那人一定是個比不上他的人，就好像……」

秦歌也搶著道：「就好像女人在男人面前稱讚另一個女人時，那女人一定比她醜，是不是？」

田思思忍不住笑道：「一點也不錯。」

秦歌笑道：「你這就是以小女人之心，度大男子之腹。」

田思思叫了起來，道：「男人有什麼了不起？」

秦歌道：「男人本來也沒什麼了不起，只不過他若肯在女人面前稱讚另一個男人時，那人就一定很了不起。」

二

男人有很多事都和女人不同——這道理無論男人也好，女人也好，只要是個人，都知道的。

這其間的分別並不大，卻很妙。

你若是男人，最好懂得一件事。

若有別的男人在你面前稱讚你，不是已將你佩服得五體投地，就是將你看成一文不值的呆子。而且通常都另有目的。

但他若在你背後稱讚你，就是真的稱讚了。

女人卻不同。

你若是女人，也最好明白這一件事：

若有別的女人不管是在你面前稱讚你也好，在你背後稱讚你也好，通常卻只有一種意思

——

那意思就是她根本看不起你。

她若在你背後罵你，你反而應該覺得高興才是。

還有件事很妙。

當一個男人和女人單獨相處時，問話的通常都是女人。

這種情況男人並不喜歡，卻應該覺得高興。

因爲女人若不停的問一個男人各種奇奇怪怪的問題，無論她問得多愚蠢，都表示她至少並不討厭你。

她問的問題愈愚蠢，就表示她愈喜歡你。

但她若連一句話都不問你，你反而在不停的問她。

那就糟了。

因爲那只表示你很喜歡她，她對你卻沒有太大的興趣。

也許連一點興趣都沒有——一個女人若連問你話的興趣都沒有了，那她對你還會有什麼別的興趣？

這情況幾乎從沒有例外的。

現在也不例外。

田思思是女人，她並不討厭秦歌。

所以她還在問：「你佩服的那個人究竟是誰？」

這問題本來很簡單，很容易回答。

妙的是秦歌偏偏不肯說出來。

三

男人和女人有很多地方不同，城市和鄉村也有很多地方不同。

在很多喜歡流浪的男人心目中，「城市」最大的好處就是：無論到了多晚，你都可以找到個吃東西的地方。

那地方當然不會很好。

就正如一個可以在三更半夜找到的女人，也絕不會是好女人一樣。

但「有」總比「沒有」好，好得多了。

四

就算在最繁榮的城市裡，也會有很多空地，爲了一些莫名其妙的原因，被人空置在那裡。

這些地本來當然是準備用來蓋房子、做生意的，誰也弄不清後來房子爲什麼沒有蓋起，生意爲什麼沒有做成。

到後來人們甚至連這塊地的主人是誰，都漸漸弄不清了。

大家只知道那裡有塊沒有人管的空地，無論誰都可以到那裡去放牛，去養豬，去打架，去殺人——甚至去撒尿。

只有腦筋動得特別快的人，才會想到利用這空地去賺錢。

用別人買來的地方去賺錢，當然比較輕鬆愉快，卻也不是件容易事。

因爲你不但要腦筋動得比別人快，拳頭也得比別人硬些。

這攤子就在一塊很大的空地上。

田思思問過秦歌：「你要帶我到哪裡吃東西去？」

秦歌道：「到七個半去。」

田思思道：「七個牪是什麼意思？」

秦歌道：「七個牪就是七文半錢，七個牪大錢。」

田思思道：「那地方就叫七個牪？」

秦歌點點頭，笑道：「那地方的老闆也就叫做七個牪。」

田思思道：「這人怎麼會有這麼奇怪的名字？」

秦歌道：「因為別人剃頭要十五文錢，他卻只要七文牪。」

田思思道：「為什麼呢？」

秦歌道：「因為他是個禿子。」

田思思也笑了。

秦歌道：「這人在市井中本來已很有名，後來又在那裡擺了個牛肉攤子，無論牛肉麵也好，豬腳麵也好，都只賣七個牪大錢一碗，到後來生意做出了名，人當然就更出名，這裡出來混混的人，不知道七個牪的只怕很少。」

田思思道：「那裡的生意很好？」

秦歌道：「好極了。」

這攤子的生意的確好極了。

田思思從未在三更半夜裡，看到這麼多人，也從未在同一個地方，看到這麼多種不同的人。

幾十張桌子都已坐滿了，各式各樣不同的人。

有人是騎馬來的，有人是坐車來的，所以空地的旁邊，還停著很多車馬。

各式各樣不同的車馬。有的馬車上，居然還有穿的很整齊，很光鮮的車伕在等著。

田思思實在想不通，這些人既然養得起這麼漂亮的車馬，爲什麼還要到這種破攤子上來，吃七個半大錢一碗的牛肉麵？

一大片空地上，只有最前面吊著幾個燈籠。

燈籠已被油煙燻黑，根本就不太亮，地方卻太大，燈光照不到的地方，還是黑黝黝的，連人的面目都分辨不出。

燈光照不到的地方，遠比燈光能照到的地方多。

田思思和秦歌在旁邊等了半天，才總算在燈光照不到的地方找得張空桌子。

居然沒有人注意到秦歌。

又等了半天，才有個陰陽怪氣的伙計過來，把杯筷往桌子上一放。

「要不要酒？」

「要。」

「多少？」

「五斤。」

問完了這句話，這伙計掉頭就走。

甚至連看都沒有看他們一眼。

田思思怔住了，忍不住道：「這伙計好大的架子。」

秦歌笑笑，道：「我們是來吃東西的，不是來看人的。」

田思思道：「但他卻沒有問你要吃什麼？」

秦歌道：「他用不著問。」

田思思道：「爲什麼？」

秦歌道：「因爲這裡一共只有四樣東西，到這裡來的人差不多都每樣叫一碟。」

田思思皺眉道：「哪四樣？」

秦歌道：「牛肉麵、滷牛肉、豬腳麵，和紅燒豬腳。」

田思思又怔了怔，道：「就只這四樣？」

秦歌笑道：「就這四樣也已經足夠了，不吃牛肉的人，可以吃豬腳，不吃豬腳的人，可以吃牛肉。」

田思思嘆了口氣，苦笑道：「能想出這四樣東西來的，倒真是個天才。」

也許就因爲這地方只有這四種東西，所以人們才覺得新鮮。

秦歌道：「我知道他絕不是個天才。」

田思思道：「哦？」

秦歌道：「就因爲他不是天才，所以才會發財。」

田思思又笑了。

她也不能不承認這話有道理。

但究竟是什麼道理，她卻不大清楚。

世上豈非本就有點莫名其妙的道理，本就沒有人能弄得清楚。

沒有擺桌子的地方，更暗。

田思思抬起頭，忽然發現有好幾條人影在黑暗中，遊魂般的蕩來蕩去，既看不清他們的衣著，更辨不出他們的面目，只看得到一雙雙發亮的眼睛，就好像是在等著捉兔子的獵狗一樣。

那種目光實在有點不懷好意。

田思思忍不住問道：「那些是什麼人？」

秦歌道：「做生意的人。」

田思思道：「到這裡來做生意?做什麼生意？」

秦歌道：「見不得人的生意。」

田思思想了半天，才點了點頭，卻也不知道是真懂，還是假懂。

黑暗中不但有男人，還有女人。

這些女人在等著做什麼生意？——這點她至少總算已懂得了。

然後她回過頭，去看那比較亮的一邊。

她看到各種人，有貧有富，有貴有賤。

差不多每個人都在喝酒——這就是他們唯一的相同之處；除此之外，他們就完全是從絕不相同的世界中來的。

然後她就看到剛才的伙計托著個木盤走了過來。

麵和肉都是熱的。

只要是熱的，就不會太難吃。

但田思思吃了幾口，就放下筷子，看看秦歌道：「你說這地方很出名？」

秦歌道：「嗯。」

田思思道：「就是賣這兩種麵出名的？」

秦歌道：「嗯。」

田思思四面看了一眼，忽然嘆了口氣，道：「我看這些人一定都有病。」

秦歌道：「哪些人？」

田思思道：「這些特地到這裡來吃東西的人！」

秦歌將麵碗裡的牛肉一掃而光，才長長吐出口氣，道：「他們沒有病。」

田思思道：「這個人呢？」

她說的是她眼睛正在盯著看的一個人。

這人坐在燈光比較亮的地方，穿著件看來就很柔軟，很舒服的淡青長衫，不但質料很高貴，剪裁得也很合身。

他年紀並不太大，但神情間卻自然帶著這種威嚴，就算坐在這種破桌子、爛板凳上，也令人不敢輕視。

田思思道：「這個人一定很有地位。」

秦歌道：「而且地位還不低。」

田思思道：「像他這種人，家裡一定不會沒有丫頭、傭人。」

秦歌道：「非但有，而且還不少。」

田思思道：「他若想吃什麼，一定會有人替他準備好的。」

秦歌道：「隨時都有。」

田思思道：「那麼，他若沒有病，爲什麼要一個人半夜三更的到這種地方來吃東西呢？」

秦歌慢慢的喝了杯酒，又慢慢的放下酒杯，目光凝視著遠方的黑暗，過了很久，才低低的嘆息了一聲，道：「你知不知道什麼叫寂寞？」

田思思道：「當然知道，我以前就常常都會覺得很寂寞。」

秦歌道：「那時你在想些什麼？」

田思思道：「我想東想西，想出來到處逛逛，想找個人聊聊天。」

秦歌忽然笑了，道：「你以爲那就是寂寞？」

田思思道：「那不是寂寞是什麼？」

秦歌道：「那只不過你覺得很無聊而已，真正的寂寞，不是那樣子的！」

他笑了笑，笑得很凄涼，緩緩接著道：「真正的寂寞是什麼樣子？也許沒人能說得出來，因爲那時你根本就不知道自己在想什麼。」

田思思在聽著。

秦歌道：「你若經歷過很多事，忽然發覺所有的事都已成了過去；你若得到過很多東西，忽然發覺那也全是一場空；到了夜深人靜時，只剩下你一個人……」

他語聲更輕，更慢，緩緩的接著道：「到了那時，你才會懂得什麼叫寂寞。」

田思思眨了眨眼，道：「你懂得？」

秦歌好像沒有聽到她在說什麼，又痴痴的怔了半天，才接著道：「那時你也許什麼都沒有想，只是一個人坐在那裡發怔，只覺得心裡空盪盪的，找不到著落，有時甚至會想大叫，想發瘋……」

田思思道：「那時你就應該去想些有趣的事。」

秦歌又道：「人類最大的痛苦，也許就是永遠無法控制自己的思想，你若拚命想去回憶過去那些有趣的事，但想到的卻偏偏總是那些辛酸和痛苦，那時你心裡就會覺得好像有根針在刺著。」

田思思笑道：「好像有根針在刺著？那只不過是文人們的形容而已……」

秦歌又喝了杯酒，道：「以前我也不信一個人的心真會痛，也以為那只不過是文人們的形容過甚，但後來我才知道，就算是最懂得修辭用字的文人墨客之流，也無法形容出你那時的感覺。」

他笑得更淒涼，接著道：「你若有過那種感覺，才會懂得那些人為什麼要三更半夜的，一個人跑到這破攤子上來喝酒了。」

田思思沉默了半晌，道：「就算他怕寂寞，也不必一個人到這裡來呀。」

秦歌道：「不必？」

田思思道：「他為什麼不去找朋友？」

秦歌道：「不錯，你痛苦的時候，可以去找朋友陪你；陪你十天，陪你半個月，但你總不能要朋友陪你一輩子。」

田思思道：「爲什麼？」

秦歌道：「因爲你的朋友們一定也有他自己的問題要解決，有他自己的家人要安慰，絕不可能永遠的陪著你。」

他又笑了笑，道：「何況你也不會真的願意要你的朋友永遠來分擔你的痛苦。」

田思思道：「你至少可以花錢僱些人來陪你。」

秦歌道：「那種人絕不是你的朋友，你若真正寂寞，也絕不是那種人可以解除的。」

田思思眼珠子轉了轉，說道：「我知道另外還有種人。」

秦歌道：「哪種人？」

田思思道：「像張好兒那種人，她那地方至少比這裡舒服多了。」

她又向那青衫人瞟了一眼，道：「像他那樣的人，應該有力量到那裡去的。」

秦歌道：「不錯，他可以去，但那種地方若去得多了，有時也會覺得很厭倦，厭倦得要命。」

田思思道：「所以，他寧可一個人到這裡來喝悶酒？」

秦歌道：「這裡不止他一個人。」

田思思道：「但這裡的人雖多，卻沒有他的朋友，也沒有人瞭解他的痛苦，他豈非還是等於一個人一樣？」

秦歌道：「那完全不同。」

田思思道：「有什麼不同？」

秦歌道：「因爲在這裡他可以感覺到別人存在，可以感覺到自己還是活著的，甚至還會看到一些比他更痛苦的人……」

田思思道：「一個人若看到別人比他更痛苦，他自己的痛苦就會減輕麼？」

秦歌道：「有時的確是的。」

田思思道：「爲什麼？人爲什麼要如此自私？」

秦歌苦笑道：「因爲人本來就是自私的。」

田思思道：「我就不自私，我只希望天下每個人都快樂。」

秦歌長長嘆息了一聲，道：「等到你再長大些時，就會懂，這種想法是絕不可能實現的！」

田思思道：「人爲什麼不能快樂？」

秦歌道：「因爲你若想得到快樂，就往往要付出痛苦的代價。你若得到了一些事，就往往會同時失去另外一些事……」

田思思道：「人為什麼要這樣想呢？為什麼不換一種想法？」

她眼睛閃著光，又道：「你在痛苦時，若想到你也曾得到過快樂；失去了一些東西時，若想到你已得了另外一些東西，你豈非就會快樂得多？」

秦歌凝視著她，忽然笑了，舉杯一飲而盡，道：「就因為世上還有你這麼樣想的人，所以這世界還是可愛的。」

秦歌道：「還有些人是因為白天見不得人，所以晚上到這裡來活動活動；也有些人是因為到這裡來的人，當然並不完全都因為寂寞。」

田思思道：「真有人覺得這地方不錯？」

秦歌道：「當然有，我就覺得這地方不錯。」

田思思道：「你覺得這地方有哪點好？」

秦歌道：「這地方並不好，牛肉跟豬腳也並不好吃，但卻有種特別的味道。」

田思思嫣然道：「什麼味道？臭味麼？」

秦歌道：「你若天天到大飯館、大酒樓去，也會覺得沒意思的，偶爾到這裡來幾次，就會覺得很新鮮，很好玩。」

田思思道：「是不是因爲這地方特別適合心情不好的人？」

秦歌道：「也不是，那就好像……」

他笑了笑，接著道：「就好像你若每天守著自己的老婆，偶爾去找找別的女人，就算那女人比你老婆醜得多，你也會覺得有種新鮮的刺激。」

田思思故意板起了臉，道：「你怎麼好意思在一個女孩子面前說這種話？」

秦歌笑道：「因爲我知道你不會嫁給我的，一個男人若將一個女人當做朋友，往往就會忘記她是個女人了。」

田思思又笑了。

她笑得很甜，很愉快。

可是也不知爲了什麼，她心裡忽然產生了一種說不出的惆悵，說不出的空虛，彷彿找不到著落似的。

秦歌本是她心目中的男人，但現在她也好像已漸漸忘記他是個男人了。

因爲他已是她的朋友。

她真正需要的，並不是一個朋友，而是一個可以永遠陪伴她、安慰她，可以讓她躺在懷裡的男人。

以後她是不是可以找到這種男人？

她不知道。

這種男人究竟應該是什麼樣子的？

她也不知道。

也許她只有永遠不停的去找，也許她永遠找不到。

也許她雖已找到，卻輕易放過了。

人們豈非總是會輕易放過一些他最需要的東西？直等他已失去了之後，才知道這種東西對他有多麼重要。

「無論如何，那大頭鬼總不是我要找的。」

田思思咬咬牙。

「他就算永遠不來看我，我也沒什麼，就算是死了，我也不放在心上。」

她在心裡一遍又一遍的告訴自己，好像要強迫自己承認這件事。

但她也不能不承認，只有跟楊凡在一起的時候，她心裡才不會有這種空虛惶恐的感覺。

她也許會氣得要命，也許會恨得要命，但卻絕不會寂寞的。

秦歌正看著她，忽然道：「你在想什麼？」

田思思忽然端起酒杯，一口喝了下去，勉強笑道：「我在想，不知道那個人會不會來。」

秦歌道：「誰？」

田思思道：「你最佩服的那個人。」

秦歌微笑著，笑得好像很神秘，道：「那個人現在已經來了。」

田思思道：「在哪裡？」

秦歌道：「你回頭看看。」

廿七　神偷・跛子・美婦人

一

田思思立刻回過頭。

一回頭也就看到了楊凡。

楊凡還是老樣子，大大的頭，圓圓的臉，好像很笨很胖的樣子。

但田思思現在居然一點也不覺得他難看了。

她只覺得心裡忽然湧起了一陣溫暖之意，非但溫暖，而且愉快。

那種感覺，就好像一個人忽又尋回了他所失去的最心愛的東西一樣。

她幾乎忍不住要叫起來，跳起來。

但她卻扭回了頭，而且板起了臉。

因爲楊凡好像並沒有看見她，也沒有注意她。

楊凡正在跟別的人說話。

在他心目中，全世界的人好像都比她重要得多。

田思思忽然一點也不空虛了，那爲什麼？因爲她已裝了一肚子氣，氣得要命。

秦歌微笑著，道：「現在你總該知道他是誰了吧？」

田思思冷笑道：「我只知道你活見了大頭鬼。」

她忍不住又問道：「你最佩服的人真是他？」

秦歌點點頭。

田思思道：「剛才救你的人也是他？」

秦歌微笑道：「而且，昨天晚上怕你著涼的人也是他。」

田思思漲紅了臉，道：「原來你看見了。」

秦歌道：「我只好裝作沒看見。」

田思思瞪著他，恨恨地道：「你們是不是早就認得的？」

秦歌道：「我若不認得他，就不會佩服他了。」

他微笑著，又道：「一個真正值得你佩服的人，總是要等到你已認得他很久，才會讓你知道他是怎麼樣一個人的。」

楊凡究竟是個怎麼樣的人呢？

田思思本來知道得很清楚：

他是名門之子，也是楊三爺千萬家財的唯一繼承人，本來命中注定就要享福一輩子的。

可是他偏偏不喜歡享福。

很小的時候，他就出去流浪，出去闖自己的天下。

他拜過很多名師學武，本來是他師傅的人，後來卻大都拿他當朋友。

吃喝嫖賭，他都可以算是專家。有一次據說曾經在大同的妓院連醉過十七天，喝的酒足夠淹死好幾個人。

但有時他也會將自己一個人關在和尚廟裡，也不知他是爲了想休息休息，還是在懺悔自己的罪惡。

他的頭很大，臉皮也不薄。

除了吃喝嫖賭外，他整天都好像沒什麼別的正經事做。

這就是楊凡——田思思所知道的楊凡。

她知道的可真不少。

但現在她忽然發現，她認得他愈久，反而愈不瞭解他了。

這是不是因爲她看得還不夠清楚？

田思思瞪大了眼睛，看看楊凡。

他還站在那裡跟別人說話。說話的聲音很低，好像很神秘的樣子。

他做事好像總有點神秘的味道。

跟他說話的這個人，本來是五六個人坐在那裡的；也不知什麼時候，別的人都走了，只剩下他一個還坐在那裡吃麵。

他肚子真不小，面前的空碗已堆了六七個。

楊凡走過來的時候，他還在那裡啃豬腳，看見楊凡，就立刻站起來，說話的態度好像很恭敬。

除了田思思之外，每個人對楊凡好像都很尊敬。

但他們在那裡究竟說什麼呢？爲什麼嘮嘮叨叨的一直說個沒完？

田思思忽然叫了起來，大聲道：「楊凡，能不能先過來一下子？」

楊凡這才回頭看了她一眼，好像還皺了皺眉。

跟他說話的那個人，卻陪著笑點了點頭，又輕輕說了兩句話，就一拐一拐的走了。

田思思這才發現他是個跛子——一個又高又瘦的跛子。

這人一定好幾天沒吃飯，所以捉住機會，就拚命拿牛肉麵往肚子裡塞。

田思思撇了撇嘴，冷笑道：「我真不懂，他跟這種人有什麼話好說的。」

這句話沒說完，楊凡已走過來，淡淡道：「你認得那個人？」

田思思道：「誰認得他？」

楊凡道：「你既然不認得他，怎麼知道他是哪種人？」

田思思道：「他是哪種人，有什麼了不起？」

楊凡道：「嗯，真沒什麼了不起，只不過他若想跟我說話，就是說三天三夜，我也會陪著他的。」

田思思的火更大了，道：「他說的話真那麼好聽？」

楊凡道：「不好聽，但卻值得聽。」

他悠悠的接著道：「值得聽的話，通常都不會很好聽。」

田思思冷笑道：「有什麼值得聽的？是不是告訴你什麼地方可以找得到女人？」

秦歌忽然笑了。

田思思回頭瞪了他一眼，道：「你笑什麼？」

秦歌笑道：「我在笑你們。」

田思思道：「笑我們？我們是誰？」

秦歌道：「就是你跟他。」

他微笑著，又道：「你們不見面的時候，彼此都好像想念得很，一見面，卻又吵個不停……」

田思思板起了臉，大聲道：「告訴你，我是我，他是他，八棍子也打不到一起去。」

她雖然板起了臉，但臉已紅了。

楊凡忽然笑了笑，道：「八棍子也打不到一起去，九棍子呢？」

田思思狠狠道：「九棍子就打死你，打死你這大頭鬼。」

話還沒有說完，她自己也忍不住「噗哧」一笑，臉卻更紅得厲害。

你當真將一個女孩子，和一個八棍子也打不到一起去的男人拉到一起，她的臉絕不會發紅只會發白。

她更不會笑。

田大小姐第一次覺得這破地方也有可取之處，至少燈火還不錯。

她實在不願意被這大頭鬼看出她的臉紅得有多麼厲害。

那陰陽怪氣的伙計，偏偏又在這時走了過來。

看見楊凡，他居然像是變了個人，臉上居然有了很親切的笑容，而且還居然恭恭敬敬的彎了彎腰，陪著笑道：「今天想來點什麼？」

楊凡道：「你看著辦吧。」

伙計道：「還是老樣子好不好？」

楊凡道：「行。」

伙計道：「要不要來點酒？」

楊凡道：「今天晚上我還有點事。」

伙計道：「那就少來點，斤把酒絕誤不了事的。」

他又彎了彎腰，才帶著笑走了。

田思思突又冷笑道：「這裡一共才只有兩樣東西，吃來吃去都是那兩樣，有什麼好問的？」

楊凡眨眨眼，道：「也許他只不過想聽我說話。」

田思思道：「聽你說話？有什麼好聽的？」

楊凡悠然道：「有很多人都說我的聲音很好聽，你難道沒注意到？」

田思思立刻彎下腰，捧住肚子，做出好像要吐的樣子來。

秦歌忽然又笑了。

田思思瞪眼道：「你又笑什麼？」

秦歌道：「我忽然想起了一句話，這句話不但有趣，而且有理。」

田思思道：「什麼話？」

秦歌道：「一個女人若在你面前裝模作樣，就表示她已經很喜歡你。」

田思思又叫了起來，道：「狗屁，這種狗屁話是誰說的？」

秦歌道：「楊凡。」

他笑著又道：「當然是楊凡，除了楊凡外，還有誰說得出這種話來。」

田思思眨了眨眼，板著臉道：「還有一個人。」

秦歌道：「誰？」

田思思道：「豬八戒。」

二

這次東西送來得更快，除了牛肉、豬腳外，居然還有各式各樣的滷菜。

只要你能想得出的滷菜，幾乎都全了。

田思思瞪著那伙計，道：「這裡豈非只有牛肉跟豬腳？」

伙計道：「還有麵。」

田思思道：「沒別的了？」

伙計道：「沒有。」

田思思幾乎又要叫了，大聲道：「這些東西是哪裡來的？」

伙計道：「從鍋裡撈出來的。」

田思思道：「剛才你爲什麼不送來？」

伙計道：「因爲你不是楊大哥。」

他不等田思思再開口，扭頭就走。

這人若也是個女的，身上若沒有這麼多油，田大小姐早已一把拉住了他，而且還一定會好好教訓他一頓。

只可惜他是個大男人，衣服上的油擰出來，足夠炒七八十樣菜。

所以田思思只有坐在那裡乾生氣，氣得發怔。

這大頭鬼究竟有什麼地方能夠使人對他這麼好？她實在不明白。

田思思怔了半晌，又忍不住道：「剛才那人叫你什麼？楊大哥？」

楊凡道：「好像是的。」

田思思道：「他爲什麼要叫你楊大哥？」

楊凡道：「他爲什麼不能叫我楊大哥？」

田思思道：「難道他是你兄弟？」

楊凡道：「行不行？」

田思思冷笑道：「當然行，看來只要是個人，就可以做你的朋友，跟你稱兄道弟。」

秦歌笑道：「但卻一定要是個人，這點才是最重要的，因爲有些人根本不是人。」

田思思瞪了他一眼，道：「你也是他兄弟？」

秦歌道：「行不行？」

田思思冷笑道：「當然行。你連說話的腔調都已變得跟他一模一樣了，若非頭太小了些，做他的兒子都行。」

秦歌道：「還有個人說話的腔調也快變得跟他一樣了。」

田思思道：「誰？」

秦歌道：「你。」

世上的確有種人，一舉一動都好像帶著種莫名其妙的特別味道，就好像傷風一樣，很容易就會傳染給別人。

你只要常常跟他在一起，想不被他傳染上都不行。

田思思忽然發覺自己的確有點變了，她以前說話的確不是這樣子的。

一個女孩子是不是不應該這麼樣說話呢？

她還是沒有想下去，忽然發現前面的黑暗中，有五六條人影走過去。

走在最前面的一個人，一拐一拐的，是個跛子。

田思思又忍不住問道：「這跛子也是你兄弟？」

楊凡道：「他不叫跛子，從來也沒有人叫他跛子。」

田思思道：「別人都叫他什麼？」

楊凡道：「吳半城。」

田思思道：「他名字叫吳半城？」

楊凡道：「他名字叫吳不可，但別人卻都叫他吳半城。」

田思思道：「爲什麼？」

楊凡道：「因爲這城裡本來幾乎有一半都是他們家的。」

田思思道：「現在呢？」

楊凡道：「現在只剩下了這一塊地。」

田思思怔了怔，道：「這塊地是他的？」

楊凡道：「不錯。」

田思思道：「他已經窮成這個樣子，爲什麼不將這塊地收回去自己做生意？」

楊凡道：「因爲他生怕收回了這塊地後，一到了晚上就沒地方可去。」

田思思道：「所以他寧可窮死，寧可看著別人在這塊地上發財？」

楊凡道：「他並不窮。」

田思思道：「還不窮，要怎麼樣才算窮？」

楊凡道：「他雖然將半城的地全都賣了，卻換來了半城朋友，所以他還是叫吳半城。」

秦歌道：「所以他還是比別人都富有得多。」

在某些人看來，有朋友的人確實比有錢的人更富有、更快樂。

田思思嘆了口氣，道：「這麼樣說來，他倒真是個怪人。」

楊凡道：「就因爲他是個怪人，所以我才常常會從他嘴裡聽到些奇怪的消息。」

田思思眼睛亮了，道：「今天是不是又聽到了些奇怪的消息？」

楊凡道：「朋友多的人，消息當然也多。」

田思思道：「你聽到的是什麼消息？」

楊凡道：「他告訴我，城外有座廟。」

田思思道：「你覺得這消息很奇怪？只有一輩子沒看過廟的人，才會覺得這消息奇怪，可是連個豬都至少看到過廟的！」

楊凡也不理她，接著道：「他還告訴我，廟裡有三個老和尚。」

田思思更失望，道：「原來這個豬非但沒見過廟，連和尚都沒見過。」

楊凡道：「他又告訴我，今天這座廟裡竟忽然多了幾十個和尚，而且不是老和尚，是新和尚。」

田思思的眼睛又亮了，幾乎要跳了起來，道：「這座廟在哪裡？」

楊凡淡淡道：「這消息既然並不奇怪，你又何必要問？」

田思思嫣然道：「誰說這消息不奇怪，誰就是豬。」

她忽然覺得興奮極了。

廟裡忽然多出來的幾十個和尙，當然就是他們下午在賭場裡看到的和尙。

其中當然有一個就是金大鬍子。

只要能找到這些和尙，他們就可以證明今天下午發生的事不是在做夢，也不是胡說八道。

只要能證明這件事，就可以證明多事和尙不是秦歌殺的。

揭穿這陰謀的關鍵，就在那座廟裡！

就連秦歌也忍不住問道：「這座廟在哪裡？」

楊凡道：「在北門外。」

秦歌道：「這裡豈非已靠近北門？」

楊凡道：「很近。」

田思思跳了起來，搶著道：「既然如此。我們爲什麼還不快去？還等什麼？」

楊凡道：「等一個人。」

田思思道：「等誰？」

楊凡道：「一個値得等的人。」

田思思道：「我們現在若還不快點趕去，萬一那些和尙又溜了呢？」

楊凡道：「他們若要溜，我也沒法子。」

田思思道：「我們爲什麼不能快點趕去，爲什麼要等那個人？」
楊凡道：「因爲我非等不可。」
田思思道：「他就有這麼重要？」
楊凡道：「嗯。」
田思思坐下來，噘著嘴生了半天氣，又忍不住問道：「他是不是又有什麼很重要的消息要告訴你？」
楊凡道：「嗯。」
田思思道：「究竟是什麼消息？」
這次楊凡連「嗯」都懶得「嗯」了，慢慢的喝了杯酒，拈起個鴨肫嚼著。
秦歌忽然笑道：「我看你近來酒量已不行了。」
楊凡笑了笑，道：「的確是少些了，但還是一樣可以灌得你滿地亂爬，胡說八道。」
秦歌大笑，道：「少吹牛，幾時找個機會，我非跟你拚一下不可。」
楊凡道：「你記不記得上次我們在香濤館，約好一人一罈竹葉青……」
在這種時候，這兩人居然聊起天來了。
田思思又急又氣，滿肚子惱火，忽然一拍桌子，大聲道：「你們既然是早就認得的，爲什麼一直不肯告訴我？」

了。

楊凡道：「爲什麼一定要告訴你？」

秦歌笑道：「我們認得的人太多了，假如一個一個都要告訴你，三天三夜說也說不完。」

男人真不是好東西，昨天他們還裝作好像不認得的樣子，現在居然聯合起陣線來對付她了。

最惱火的是，他們說的話，偏偏總是叫她駁不倒，答不出。

田思思忽然想起了田心。

這丫頭一向能說會道，有她在旁邊幫著說話，也許就不會被人如此欺負。

可是這死丫頭，偏偏又連人影都看不見了。

田思思忽又一拍桌子，大聲道：「我的人呢？快還給我。」

楊凡道：「你在說什麼？」

田思思道：「你拐跑了我的丫頭，還敢在我面前裝傻？」

楊凡皺了皺眉，道：「我幾時拐走她的？」

田思思道：「昨天，你從那賭場出去的時候，她豈非也跟著你走了？」

楊凡道：「你隨隨便便就讓她一個人走了？」

田思思道：「我本來就管不住她。」

楊凡沒有說話，臉色卻好像已變得很難看。

田思思也發現他神色不像是在開玩笑了，急著問道：「你難道沒有看見她？」

楊凡搖搖頭。

田思思道：「你……你也不知道她在哪裡？」

楊凡又搖搖頭。

田思思突然手腳冰冷，嘎聲道：「難道她……又被那些人架走了？」

一想起葛先生，她就手腳冰冷。

想到田心可能又已落到這不是人的惡魔手裡，她連心都冷透了。

過了很久，她才掙扎著站起來。

楊凡道：「你要走？」

田思思點點頭。

楊凡道：「到哪裡？」

田思思咬咬嘴唇，道：「去找那死丫頭。」

楊凡道：「到哪裡去找？」

田思思道：「我……我先找張好兒，再去找王大娘。」

楊凡道：「就算她真在那裡，你又能怎麼樣？」

田思思怔住。

田心若在那裡，葛先生也可能在那裡。

她一看見葛先生，連腿都軟了，還能怎麼樣？

楊凡道：「我看你最好還是先坐下來等著……」

田思思大聲道：「你究竟想等到什麼時候？」

楊凡道：「等到人來的時候。」

田思思道：「人若不來呢？」

楊凡道：「就一直等下去。」

田思思恨恨叫道：「那人難道是你老子，你對他就這麼服貼？」

只聽身後一人淡淡道：「我不是他老子，最多也只不過能做他老娘而已。」

這聲音嘶啞而低沉，但卻帶著種說不出的誘惑力。甚至連女人聽到她的聲音，都會覺得很好聽。

田思思回過頭，就看見了一個女人。

她從未見過這樣的女人。

三

燈光照到這裡，已清冷如星光。

她就這樣懶懶散散的站在星光般的燈光下。

她臉上並沒有帶著什麼表情，連一點表情都沒有，既沒有說話，也沒有動，連指尖都沒有動。

但也不知爲了什麼，田思思一眼看過去，只覺得她身上每一處都好像在動，每一處都好像在說話。

尤其是那雙眼睛，朦朦朧朧的，半闔半張，永遠都像是沒睡醒的樣子。

但這雙眼睛看著你的時候，你立刻會覺得她彷彿正在向你低訴著人生的寂寞和悽苦，低訴著一種纏綿入骨的情意。

無論你是什麼樣的人，都沒法子不同情她。

但等你想要去接近她時，她忽然又會變得很遙遠，很遙遠……

就彷彿遠在天涯。

田思思從未見過這樣的女人。

但她卻知道，像這樣的女人，正是男人們夢寐以求，求之不得的。

張好兒的風姿也很美。

但和這女人一比，張好兒就變得簡直是個土頭土腦的鄉下小姑娘。

「原來楊凡等的就是她。」

廿八　酒與醉

田思思咬了咬牙，但卻也不能不承認，她的確是個值得等的女人。也值得看。

楊凡和秦歌的眼睛，就一直都在盯著她。

她懶懶散散的坐了下來，拿過楊凡面前的酒杯。

秦歌立刻搶著爲她倒酒。

她舉杯一飲而盡，喝得甚至比秦歌還快。

女人本不該這麼樣喝酒的。

可是她這樣子喝酒，別人非但不會覺得她粗野，反而會覺得有種說不出的醉人風情，令人不飲自醉。

她一連喝了五六杯，才抬起頭，向田思思嫣然一笑。

連笑容都是懶懶散散的，只有久已對人生厭倦的人，才會笑得如此懶散，又如此冷艷。

田思思抬起頭，看看天上的星星。

看過她的眼睛再看星星，星光已失色。

她又在喝第七杯酒。

田思思咬著嘴唇，忍不住道：「這裡有個人一直在等你。」

她的回答又是那懶懶散散的一笑。

田思思故意不去看她，冷冷道：「你們有什麼重要的話，最好快說，我們也有很重要的事等著要做。」

楊凡忽然笑了笑，道：「王三娘的酒還沒有喝夠時，一向懶得說話的。」

看樣子他倒很瞭解她。

田思思嘴唇已咬疼了，板著臉道：「她要等到什麼時候才喝夠？」

王三娘忽也淡淡一笑，道：「醉了時才夠。」

田思思道：「醉了還能說話？」

王三娘手裡拿著酒杯，目光凝注著遠方，悠悠道：「我說的本就是醉話。」

田思思道：「想不到醉話也有人聽。」

楊凡又笑了笑，道：「芸芸眾生，又有誰說的不是醉話。」

王三娘忽又一笑，輕輕拍了拍楊凡的肩，嫣然道：「你很好，近來我已很少看見像你這樣的男人了，難怪有人要為你吃醋了。」

田思思雖然在忍耐著，卻還是忍不住道：「誰在吃醋？」

王三娘沒有回答，卻將一張臉迎向燈光，道：「你看見我臉上的皺紋了麼？」

燈光淒清。

田思思雖未看清她臉上的皺紋，卻忽然發現她的確已經顯得很憔悴、很疲倦。

王三娘道：「燈下出美人，女人在燈光下看來，總是顯得年輕些的。」

田思思道：「哦？」

王三娘淡淡笑道：「像我這種年紀的女人，有時還真難免會忍不住要吃醋，何況你這樣的小姑娘呢？」

田思思又板起了臉，道：「你在說醉話？」

王三娘輕輕嘆息了聲，道：「醉話往往是真話，只可惜世上人偏偏不喜歡聽真話。」

楊凡道：「我喜歡聽。」

王三娘眼波流動，飄過他的臉，道：「你聽到的話本不假。」

楊凡臉色彷彿變了變，道：「你已知道不假？」

王三娘慢慢的點了點頭，不再說話。

楊凡也不再說話，只是直著眼睛在發怔，怔了很久，才長長吐出口氣，道：「多謝。」

王三娘道：「你以後總有機會謝我的，現在……」

她忽又抬起頭來向田思思一笑，道：「你們還是快走吧，莫讓這位小妹妹等得著急……男人若要女孩子等，就不是好男人。」

田思思道：「女人若要男人等呢？」

王三娘道：「那沒關係，只不過……」

田思思道：「只不過怎麼？」

王三娘目光又凝注到遠方，悠悠道：「只不過你最好記住，男人都沒什麼耐性，無論你多值得他等，他都不會等太久的。」

田思思沉默了下來。

她似已咀嚼出她話裡一種說不出的辛酸滋味。

楊凡道：「我們走了，你呢？」

王三娘道：「我留在這裡，還想喝幾杯。」

秦歌搶著道：「我陪你。」

王三娘道：「爲什麼要陪我？」

秦歌也嘆息了一聲，道：「因爲我知道一個人喝酒的滋味。」

那滋味並不好受。

王三娘卻笑了笑，淡淡道：「無論是什麼樣的滋味，習慣了也就無所謂了，你不必陪我，你走吧。」

她又舉起了酒杯。

忽然間，她就似已變得完全孤獨。

也許無論有多少人在她身邊，她都是孤獨的。

楊凡也沒有再說話，慢慢的站起來，向前面的黑暗揮了揮手。

黑暗中立刻閃出了一條人影。

誰也沒有看清他是從哪裡來的，他本身就像是黑暗的精靈。

那人影還站在那裡，彷彿又落入黑暗中。

他向楊凡彎腰一禮後，就等在那裡。

楊凡回頭看著王三娘，道：「三娘，我再敬你一杯就走。」

王三娘幽幽道：「只望這不是最後一杯。」

楊凡道：「當然不是。」

王三娘舉杯飲盡。

田思思忍不住道：「我們現在就走？」

楊凡點點頭。

田思思道：「不等你們說完話？」

楊凡道：「話已說完了。」

田思思道：「只有那一句？」

楊凡彷彿在沉思，過了很久，才緩緩道：「有時只要一句話，就已勝過千言萬語！」

他慢慢的走入黑暗裡。

黑暗中那人影忽然凌空一個翻身，就像幽靈般消失。

楊凡已跟了過去。

秦歌和田思思只有立刻趕過去追。

追了很遠，田思思還忍不住回頭看了一眼。

王三娘卻沒有回頭。

田思思只能看到她纖秀苗條的背影。她的背似已有些彎曲，就彷彿肩上壓著副很沉重的擔子。

那是人生的擔子。

她的背影看來竟是如此孤獨，如此疲倦，如此寂寞。

楊凡在前面等著。

更前面的黑暗中，依稀可以分辨出有條人影，也在那裡等著。

田思思終於趕了上來，輕輕喘息著，道：「你拚命追那個人幹什麼？」

楊凡道：「因爲他是帶路的。」

田思思道：「是那跛子要他帶我們到那廟裡去的？」

楊凡道：「不是跛子，是吳半城。」

田思思道：「看來他交遊的確很廣，居然認得這種人。」

楊凡道：「你知道他是哪種人？」

田思思搖搖頭，道：「我只知道他輕功真不錯。」

楊凡道：「還有呢？」

田思思道：「還有什麼？沒有了。」

楊凡笑了笑，忽然向前面那人影招了招手。

那人影立刻就輕煙般向他們掠了過來。

楊凡也已掠起，兩人身形凌空交錯，楊凡好像說了句話。

說話的聲音很低，田思思也聽不見他說的是什麼。

就在這時，那人影已從她身旁掠過，輕快得就像是一陣風。

楊凡也回來了，正帶著笑在看她。

田思思皺了皺眉，忍不住問道：「你們究竟在搞什麼名堂？」

楊凡微笑道：「我只不過想要你看看，他究竟是個怎樣的人。」

田思思道：「那麼你就該叫他站到我面前來，讓我看得清楚些，現在我連他的臉是黑是白都沒有看清楚。」

楊凡道：「他的臉沒什麼可看的，你應該看看他別的地方。」

田思思道：「什麼地方？」

楊凡道：「譬如說，他的手。」

田思思道：「他的手又有什麼好看的？難道他手上多長了幾根指頭？」

楊凡道：「手指頭倒並不多，只不過多長了幾隻手而已。」

他看看田思思，忽又笑了笑，道：「你身上掉了什麼東西沒有？」

田思思看了看自己，道：「沒有。」

楊凡道：「真沒有。」

田思思嘆了口氣，苦笑道：「我身上根本已沒什麼東西可掉的。」

楊凡道：「頭上呢？」

田思思道：「頭上更沒……」

她這句話沒說完，就已怔住，因爲她忽然發覺本來束起的頭髮，現在已披散了下來。繫住頭髮的那根帶子，竟已不見了。

難道那人剛才從她身旁一掠而過時，就已將她頭髮上的帶子解了下來？

她又不是死人，怎麼會連一點感覺都沒有？

楊凡微笑道：「現在你總該明白他是個什麼樣的人了吧？」

田思思噘起了嘴，道：「我想不到你的朋友裡，居然還有三隻手。」

楊凡淡淡道：「何止三隻手，他有十三隻手。」

田思思冷笑道：「就算有十三隻手，也只不過是個小偷。」

楊凡道：「這樣的小偷你見過幾個？」

田思思道：「一個也沒見過——幸好沒見過。」

那人影又在前面等著他們了，還是靜靜的站在那裡，就好像從來也沒有移動過。

田思思眨了眨眼，忍不住又道：「你能不能叫他再過來一下，我想看看他。」

楊凡悠然道：「既然只不過是個小偷，又有什麼好看的。」

田思思道：「我……我想看看他究竟有幾隻手？」

楊凡道：「他的手你連一隻也看不見。」

田思思又噘起嘴，道：「那麼，我看看他的臉行不行？」

楊凡道：「不行。」

田思思道：「為什麼不行？」

楊凡道：「沒有人看見過他的臉。」

田思思道：「你呢？」

楊凡道：「我看過。」

田思思道：「為什麼你能看，別人就不能看？」

楊凡道：「因為我是他的朋友。」

田思思瞪著他，恨恨道：「除了小偷和跛子外，你還有沒有像樣一點的朋友？」

楊凡道：「沒有了。」

田思思忍住笑道：「龍交龍，鳳交鳳，老鼠交的朋友會打洞，這句話我們也聽說過的，但你居然連一個像樣的朋友都沒有，我倒沒想到。」

楊凡道：「我還有個更妙的朋友，別人知道了，說不定會笑掉大牙的。」

田思思道：「這人妙在哪裡？」

楊凡道：「她什麼地方都妙到至極了，最妙的是，除了闖禍外，別的事情她連一樣都不會做。」

田思思忍不住笑道：「這人又是誰呢？」

楊凡道：「你。」

田大小姐簡直連肚子都快被氣破了。

還沒有認得楊凡的時候，她從來也不明白，一個人怎麼會被別人活活氣死。

現在她總算明白了。

這大頭鬼就好像天生是爲了要來氣她的。

最氣人的是，除了對她之外，對別的人他全都很友善，很客氣。

更氣人的是，無論她說什麼，他卻連一點也不生氣。

你說她還能有什麼法子？

一個男人若真能把一個女孩子氣得半死，他就算不太聰明，也已經很了不起。

只可惜這樣的事並不多。

大多數男人都常常會被女孩子氣得半死。

所以大多數女孩子都認爲：男人才是天生應該受氣的。

廿九　梵音寺

一

山坡。密林。

這座廟就在山坡上的密林裡。

梵音寺。

夜色淒迷，但依稀還是可以分辨出這三個金漆已剝落的大字。

「十三隻手」到了這裡，人影一閃，就不見了。

雖然夜已很深，但佛殿上的長明燈總還是亮著的。

黯淡的燈光根本照不到高牆外，遠遠望過去，只見一片昏黃氤氳，也不知道是煙？是雲？還是霧？

田思思暗中嘆了口氣，每次到了這種地方，不知爲了什麼，她心裡就會覺得很不舒服。

她只覺得廟好像總是和死人、棺材、符咒、鬼魂……這些令人很不愉快的事連在一起的。

在廟裡你絕對聽不到歡樂的笑聲，只能聽到一些單調呆板的梵音木魚，一些如怨婦低泣般的經文咒語，和一些如咒語經文般的哭泣。

她喜歡聽人笑，不喜歡聽人哭。

幸好現在什麼聲音也沒有。

不幸的是，沒有聲音，往往就是種最可怕的聲音。

楊凡的臉色也很凝重。

田思思本來以爲他一定會要她和秦歌在外面等一等，讓他先進去看看。

她當然一定會反對。

現在無論楊凡說什麼，她都一定要反對。

誰知楊凡什麼都沒有說，就這樣光明堂皇的走了過去。

田思思反而沉不住氣了，忍不住道：「這座廟並不是什麼很秘密的地方。」

楊凡回頭看了看她，等她說下去。

田思思道：「那些人的關係卻很大。」

楊凡道：「哪些人？」

田思思瞪了他一眼，道：「當然是金大鬍子那些人，已經做了和尚的那些人。」

楊凡道：「哦？」

田思思道：「他們既然敢將這些人送到這廟裡來，當然就會防備著我們找到這裡來。」

楊凡道：「嗯。」

田思思道：「他們當然不能讓我們找到這些人，所以……」

楊凡道：「所以怎麼樣？」

田思思道：「所以我認為這座廟裡一定不簡單，一定有埋伏。」

楊凡道：「有埋伏又怎麼樣？」

田思思道：「既然有埋伏，我們就不能這樣子闖進去。」

楊凡道：「那我們不如回去吧。」

田思思道：「既已到了這裡，怎麼能回去！」

楊凡道：「既不能進去，又不能回去，你說該怎麼辦呢？」

田思思道：「我們先讓一個人進去，看看裡頭的情況，其餘兩個人，留在外頭接應。」

這主意本是她決心要反對的，現在她自己反而說了出來。

楊凡居然連一點反對的意思都沒有，只淡淡的道：「你的意思是要誰先進去看看？」

這種話他居然好意思說得出來。

若是換了別的男人，在女人面前當然會自告奮勇搶著要去的。

田思思咬著嘴唇，回頭看了看秦歌。

秦歌居然也連一點反應都沒有。

他本來很像個人的，但跟這大頭鬼在一起之後，連他也變得不太像人了。
田思思恨恨道：「你說呢？你的意思是誰應該先進去看看？」
楊凡淡淡道：「這主意是你提出來的，當然是應該你去。」
這豬八戒居然好意思叫女人去闖頭陣，叫女人去冒險！
田思思簡直快要氣瘋了，狠狠跺了跺腳，道：「好，我去就我去！」
楊凡悠然道：「你進去後，就算遇著什麼三長兩短，我們還可以想法子去救你，我們若遇著危險，你就沒法子救我們了。」
他做出這種見不得親戚朋友的事，居然還能說得振振有詞。
田思思連聽都懶得聽了，扭頭就走。
這兩個男人實在沒出息，簡直不是人，田大小姐實在連看都懶得再看他們一眼。
她頭也不回的走了過去，穿過石徑，走到這座廟的大門口，走上石階。
她突然停了下來。
大門是關著的，但卻關得不緊。
一縷縷淡黃色的煙霧，正縹縹緲緲的從門縫裡飄出來。
廟裡既然還有香火，就應該有人。
既然還有人，爲什麼連一點聲音都沒有？

難道他們已看到田思思走過來，所以靜靜的在那裡等著？

難道他們都已被人殺了滅口，都已變成死人？

田大小姐本來是一肚子火，現在卻連一點火氣都沒有了，只覺得手腳冰冷，很想拉住一個男人的手。

尤其是楊凡的手。

他的手，好像永遠都很溫暖，很穩定，也很乾淨，正是女孩子最喜歡去拉的那種手。

只可惜這大頭鬼現在已連鬼影子都看不見了。

秦歌也不見了。

田思思回過頭，看了半天，也看不到他們。

她的手更冷，手心濕濕的，好像已有了冷汗，似乎已忍不住要大聲叫出來。

可是田大小姐當然不能做這種事，她寧死也不願在這豬八戒面前丟人。

在石階上站了半天，田大小姐總算壯起了膽子，伸手去推門。

門是關著的，但卻沒有拴上。

田思思輕輕一推，門就開了。發出了「吱」的一聲響。

好難聽的聲音，聽得人連牙齒都酸了。

田思思咬著牙，走上最後一級石階，先將頭探進去看了看。
她什麼也看不見。
院子裡浮著一片淡黃色的煙霧，卻也不知是煙，還是霧。
幸好佛殿裡還隱隱有燈光照出來，燈光雖不亮，至少總比沒有光好。
田思思長長吸進了一口氣，一步步慢慢的走了進去。
她只希望莫要一腳踩在個死人身上。

二

院子裡沒有死人。
也沒有活人。
穿過院子，佛殿裡的燈光就顯得亮了些。
佛殿裡也沒人，無論死活都沒有，只有殿前的爐鼎中，正在散發著淡黃色的煙霧。
金大鬍子那些人呢？
難道他們早已料到田大小姐會找到這裡來，所以先開溜了？
田思思用力咬著牙，一步步走了過去，走得更慢。
她是怕看見個活人呢？還是怕看見個死人呢？

她自己也不清楚。

佛殿裡的塑像卻總是那種陰陽怪氣，半死不活的樣子，尤其在這種淒迷的煙霧裡，看起來更令人覺得可怕。

田思思忽又想起葛先生。

葛先生正是這種陰陽怪氣、半死不活的樣子。

這些塑像中，會不會有一個就是他裝成的？只等著田思思走過的時候，就會突然復活，突然跳起來，握住她的咽喉，逼著她嫁給他？

想到這裡，田思思兩條腿都軟了，好像已連站都站不住。

看到旁邊好像有個方方的凳子，她就坐了下來。

這種時候她本來絕對不會坐下來的，就算坐下，也坐不住。

無論怎麼說，這裡絕不是個可以讓人安心坐得下來的地方。

可是她的腿實在已發軟，軟得就像麵條似的，想不坐下來都不行。

一陣風從外面吹進來，吹得佛殿裡的煙霧縹緲四散，那些陰陽怪氣、半死不活的泥像，在飄散的煙霧中看來，就像是忽然全都變成了活的，正在那裡張牙舞爪，等著擇人而噬。

田思思只覺得額角上正一粒粒的往外冒著冷汗。

「那死大頭，居然真的讓我一個人進來，他自己居然直到現在還人影不見。」

田思思愈想愈氣，愈想愈恨，就在這時，她忽又發現了一件可怕的事。

她坐著的凳子竟好像在動，往上面動，就好像下面有個人將這凳子往上面抬似的。

她忍不住低下頭看了看。

不看還好些，這一看，田大小姐全身的毛髮都豎了起來。

她坐的並不是凳子，而是口棺材。

棺材也並不太可怕，可怕的是，這棺材的蓋子正慢慢的掀起。

忽然間，一隻手從棺材裡伸出來，一把拉住了田思思的手。

手冷得像冰。

田思思全身都軟了。

她本來是想衝出去的，但身子往前一衝，人就已倒下，幾乎嚇得暈了過去。

若是能真的暈過去，也許還好些。

只可惜她偏偏清醒得很，不但什麼都看得見，而且什麼都聽得見。

棺材裡不但有隻手伸了出來，還有笑聲傳出來。

陰森森的冷笑，聽起來簡直就像是鬼哭。

田思思忽然用盡全身力氣，大聲道：「什麼人躲在棺材裡？我知道你是個人，你扮鬼也沒有用的。」

她真能確定這隻手是活人的手麼？

三十　意想不到的事

活人的手怎會這麼冷？

棺材裡忽然連笑聲都沒有了，只有她自己的叫聲還在空蕩蕩的大殿裡激盪著。

那種聲音聽來也像鬼哭。

田思思用盡平生力氣，想甩脫這隻手。

但這隻手卻像已黏住了她的手，她無論怎麼用力也甩不脫。

她喘息著，全身的衣服都已被冷汗濕透。

這隻手究竟是誰的手？

他既已伸出了手，爲什麼還不肯露面？

難道他根本就沒有頭，也沒有身子，只有這一隻冰冷的鬼手？

田思思正想再試一試，能不能把這隻手從棺材裡拉出來。

誰知她力氣還沒有使出來，這隻手已使出了力氣。

一股可怕的力量將她的人一拉，她簡直連一點掙扎的法子都沒有。

忽然間，她整個人已被這隻手拉到棺材裡去。

這下子無論誰都要被嚇暈的。

只可惜她偏偏還是很清醒，清醒得可怕。

棺材裡並非只有一隻手，還有個人，有頭，也有身子。

身子硬梆梆的，除了殭屍，連吊死鬼的身子也許都沒有這麼硬。

田思思一進了棺材，整個人就撲在這硬梆梆的身子上。

然後棺材的蓋子就「砰」的落了下來。

燈光沒有了，煙霧也沒有了，剩下的只有一片黑暗，絕望的黑暗。

田思思的神志雖然還清醒著，但整個人卻已連動都不能動。

她全身都已僵硬，甚至比這殭屍更冷、更硬。

這殭屍的手忽然抱住了她，緊緊的抱住了她，抱得她連氣都透不過來。

她想叫，但喉嚨卻像是已被塞住。

她已氣得要發瘋，恨不得立刻死了算了。

只可惜死有時也不容易。

一連串冰冷的淚珠，已順著她的臉流了下來。

還有誰會經過如此悲慘，如此可怕的遭遇，這種事爲什麼偏偏總是讓她遇著。

這種事簡直就像是個噩夢——永遠不會醒的噩夢。

若是能放聲痛哭，也許還好些，怎奈現在她竟連哭都哭不出，只能無聲的流著淚。

這殭屍卻又陰森森的笑了。

一陣陣熱氣隨著他的笑聲，噴在田思思耳朵上。

這殭屍居然還有熱氣！

田思思喉頭僵硬的肌肉忽然放鬆，立刻用盡全身力氣大叫了出來。

直等她叫得聲嘶力竭時，這殭屍才陰惻惻的笑道：「你再叫也沒有用的，這裡絕沒有人聽見，連鬼都聽不見。」

這聲音又低沉，又單調，很少有人聽見過如此可怕的聲音。

但田思思卻聽見過。

她呼吸立刻停頓。

這並不是殭屍，是個人。

但世上所有的殭屍加起來，也沒有這個人可怕。

葛先生。

她本來想說出這三個字來的，但喉嚨裡卻只能發出一連串「格、格、格」的聲音。

葛先生大笑，道：「現在你總該已猜出我是什麼人了，你還怕什麼？」

田思思不是怕。

她的感覺已不是「怕」這個字所能形容。

葛先生的手在她身上滑動，慢慢的接著道：「莫忘了你答應嫁給我的，我就是你的老公，你跟你的老公睡在一起，還有什麼好怕的？」

他的手就像是一條蛇，不停的滑來滑去。

他冰冷僵硬的身子，似乎也已活動起來。

田思思突然大叫，道：「放開我……放開我……」

葛先生道：「放開你？你想我會不會放開你？」

田思思道：「你想怎麼樣？」

她說出的聲音忽然又變得很清楚。

一個人恐懼到了極點時，全身反而會莫名其妙的放鬆。

這是爲了什麼呢？誰也不懂，因爲這種遭遇本就很少有人經歷過。

葛先生悠然道：「我想怎麼樣？我只想跟你睡在一起，活著的時候既然不能睡在一張床上，只好等死了睡在一個棺材裡。」

田思思道：「那麼你爲什麼還不快殺了我？」

葛先生道：「你真的想死？」

田思思咬緊牙，道：「只要我死了，就隨你怎麼樣對付我都沒關係。」

葛先生道：「只可惜現在我還不想讓你死。」

田思思道：「你……你要等到什麼時候？」

葛先生道：「你猜呢？」

他的手已像蛇一般滑入田思思的衣服裡。

兩個人掉在一口棺材裡，田思思就算還有掙扎躲避的力氣，也根本就沒有地方可躲。

她用力咬著嘴唇，已咬得出血。

痛苦使得她更清醒，她忽然長長嘆了口氣，道：「你真的想要我？」

葛先生道：「我爲你花了多少心血，你總該明白的。」

田思思道：「你若真的想要我，就不該用這種法子。」

葛先生道：「我應該用什麼法子？」

田思思道：「父母之命，媒妁之言，這句話你總該聽說過的。」

葛先生道：「你的意思是要我去向田二爺求親？」

田思思道：「不錯。」

葛先生道：「他若答應了呢，你是不是馬上就肯嫁給我？」

田思思道：「當然。」

葛先生忽又笑了，道：「這就容易了！」

田思思道：「容易？」

葛先生笑道：「當然容易，我現在馬上就去求親。」

他居然答應得如此乾脆，田思思又不禁怔住。

她實在想不通他憑什麼覺得這件事很容易？憑什麼如此有把握？

就在這時，她忽然覺得棺材在慢慢的往下沉。

她忍不住又問道：「你想帶我到哪裡去？十八層地獄？」

葛先生格格笑道：「那地方有什麼不好？至少總比在天上暖和些，而且吹不到風，也淋不到雨。」

田思思道：「但我爹爹卻絕不會在那裡，無論是死是活，都絕不會在那裡！」

葛先生冷冷道：「你還沒下去過，怎知道田二爺不在那裡？」

棺材還在往下沉，田思思的心也跟著沉了下去。

「難道我爹爹也落入這惡鬼的手裡，所以他才會如此有把握？」

絕不會的。

她只有想盡法子來安慰自己：

「我爹爹可不是這麼容易對付的人，絕不是！」

想到田二爺一生輝煌的事蹟，田大小姐才稍微安心了些。

就在這時，棺材已停下來。

然後棺材的蓋子忽又掀起，一盞暗淡的燈光就隨著照進了棺材裡。

田思思又看到葛先生的臉。

他臉上還是那種陰陽怪氣、半死不活的樣子，連一點表情都沒有。

就算真是個死人臉，也不會像這麼樣難看，這麼樣可怕。

一看到這張臉，田思思就不由自主閉起眼睛。

葛先生道：「你為什麼不睜開眼睛來看看？」

田思思道：「看……看什麼？」

葛先生道：「看看田二爺是不是在這裡？」

他的手居然放鬆了。

田思思用盡全身力氣跳起來，突又怔住，就像是一下子跳入了可以冷得死人的冰裡。

她一跳起來，就看到了田二爺。

若不是自己親眼看到，她死也不會相信田二爺真的在這裡。

這裡是個四四方方的屋子，沒有門，也沒有窗戶，就像是口特別大的棺材。

燈光也不知是從哪裡照出來的，慘碧色的燈光，也正如地獄中的鬼火。

前面居然還有幾張椅子。

一個清癯的老人，坐在中間的一張椅子上，手裡捧著碧綠的旱煙袋。

他背後站著個女人，正在爲他輕輕的敲著背。

還有個女人居然就坐在他腿上，正在吹著紙媒，爲他點煙。

田思思全身冰冷。

她當然認得這個人就是田二爺，也認得這管翡翠煙袋。

她小時也曾坐在田二爺腿上，爲他點過煙。

無論誰在這種情況下，看到自己親生的父親，都會立刻撲過去的。

但田思思卻只是站在棺材旁發抖。

因爲她認得這兩個女人。

站在背後爲田二爺搥背的，竟是王大娘，坐在腿上的，竟是張好兒。

這不要臉的女人好像總喜歡坐在男人的腿上。

田思思不但全身發抖，連眼淚都已氣得流了滿臉。

田二爺看到她，卻顯得很開心，微笑著道：「很好，你總算來了。」

這就是一個做父親的人，看到自己親生女兒時說的話？

田思思滿面淚痕，顫聲道：「你……你知道我會來的？」

田二爺點了點頭。

王大娘已格格的笑著道：「你來得正好，我們剛才還在說你。」

田思思咬著牙，道：「說我什麼？」

王大娘笑道：「我們剛才正在替葛先生向田二爺求親。」

田思思道：「他……他怎麼說？」

王大娘道：「男大當婚，女大當嫁，你們兩人可正是郎才女貌，天生的一對兒，你想他會怎麼說呢？」

張好兒回眸一笑，嫣然道：「田二爺當然答應了，你們小倆口就快過來謝謝我們這兩位大媒吧。」

田思思瞪著眼睛，看看她的父親，沒有說話，也不動。

她整個人就像是忽然已麻木。

葛先生不知何時已站到她身旁，用手攬住了她的腰。

田思思眼睛發直，臉上忽然變得全無表情，冷冷道：「快把你的臭手拿開。」

葛先生微笑道：「現在父母之命已有了，媒妁之言已有了，你還怕什麼羞？」

田思思也不理他，眼睛還是瞪著田二爺，忽然大聲道：「你究竟是什麼人？」

王大娘嬌笑道：「你看你，怎麼連自己親生的爹爹都不認得了？」

田思思忽然衝過去，嘶聲道：「你究竟是誰？爲什麼要扮成我爹爹的樣子？我爹爹呢？」

她身子剛衝出，已被葛先生攔腰抱起。

王大娘眼波流動，道：「你知道他不是田二爺？你怎麼看出來的？」

田思思拚命掙扎大叫道：「我爹爹究竟在哪裡，帶我去找他！」

王大娘忽然沉下了臉，沉著道：「告訴你，從今以後，這個人就是田二爺，就是你爹爹，世上已只有這一個田二爺，絕沒有第二個。」

田思思身子突然軟癱，終於忍不住放聲痛哭了起來。

王大娘本來是在替「田二爺」搥著背，此刻忽然一個耳光摑在他臉上，冷冷道：「我已教過你多少遍，你怎麼還是被她看出來了？」

這人哭喪著臉，道：「我……我也不知道。」

王大娘又是一個耳光摑去，道：「叫你少開口的，你爲什麼偏偏要多嘴？」

這人手捂著臉，道：「我剛才只不過說了一句話呀，我……我怎麼知道……」

他的人忽然從椅子上滑了下去，跪倒在地上。

王大娘冷笑著從椅子後面走出來，目中已露出殺氣。

葛先生忽然道：「留著他，這人以後還有用。」

王大娘冷笑著，突然一腳將這人踢得在地上直滾，厲聲道：「不成材的東西，還不快給我滾到後面去……快……」

張好兒輕輕嘆了口氣，道：「我早就知道他扮不像的，就算他的臉跟田二爺有幾分像，但田二爺那種派頭，他怎麼裝得出來？」

王大娘用眼角瞟著她，似笑非笑的悠然道：「他當然騙不過你，但別人又不像你，都跟田二爺有一腿。」

張好兒也正在似笑非笑的瞪著她，道：「你是不是在吃醋？」

王大娘又笑了，道：「我吃的哪門乾醋？難道你現在還敢陪他去睡覺？」

田思思突又跳起來，咬著牙，道：「我爹爹現在究竟在哪裡？你們就算不敢帶我去見他，至少也該告訴我他在哪裡？」

王大娘輕輕嘆了口氣，道：「我倒是真有點不敢帶你去見他。」

田思思臉色更白，道：「爲什麼？」

王大娘淡淡道：「我問你的話，你還沒有說完，我憑什麼要告訴你？」

田思思道：「你問我什麼？」

王大娘道：「你怎麼看出那個人不是田二爺的？」

田思思冷笑道：「你難道看不出來？」

王大娘道：「他當然沒有田二爺那種神情氣派，一舉一動也沒有法子學得跟田二爺一模一樣，可是他坐在這裡連動都沒有動，這裡的燈光又這麼暗，你怎麼會一下子就看出來了？」

田思思遲疑著，終於大聲道：「告訴你，我爹爹已經有好幾個月沒抽過煙了，他近來身子不好，根本就不能抽煙。」

王大娘跟葛先生對望了一眼，兩個人同時都點了點頭。

田思思道：「我問你們的話呢？」

葛先生道：「你問什麼？」

田思思道：「我爹爹……」

葛先生忽然打斷了她的話，道：「你若想看到你爹爹，也容易得很，只要你嫁給我，我當然會帶你回門去拜見老丈人的。」

田思思咬著牙，恨恨道：「我勸你還是趕快死了這條心。」

葛先生悠然道：「我這人就是不死心。」

田思思突又大叫，道：「不管你死心不死心，反正我死也不會嫁給你，就算我爹爹真的答應，我也寧可去死。」

葛先生道：「爲什麼呢？」

王大娘道：「是呀，你這是爲什麼呢？他年紀不大，既沒有老婆，人品也不差，武功更是一等一的身手，又有哪點配不上你？」

田思思大叫道：「他憑哪點配得上我，他根本就不是人！」

張好兒眨著眼，忽然笑道：「我明白了，你一定是嫌他長得太醜。」

田思思道：「哼。」

王大娘走過來，拍了拍葛先生的肩，笑道：「你若是變得像樣些，她也許就會嫁給你了。」

張好兒道：「是呀，十七八歲的小姑娘，有哪個不愛俏的。」

葛先生道：「你們要我變得俏些？」

張好兒道：「愈俏愈好。」

葛先生忽又笑了笑，道：「那也容易。」

他身子突然轉了過去，過了半天，才又慢慢的轉了回來。

張好兒拍手笑道：「果然變得俏多了，這樣的男人，連我都喜歡。」

王大娘吃吃笑道：「看來田姑娘若還不肯嫁，她就要搶著嫁了。」

張好兒道：「一點也不錯。」

田思思本來死也不肯去看這人一眼的，現在卻忍不住抬起頭。

她只看了一眼，又怔住。

葛先生果然已完全變成了另一個人。

一個成熟、英俊、瀟灑的中年人，帶著某種中年人特有的魅力。

那正是最能使少女們動心的魅力。

田思思幾乎不能相信自己的眼睛了。

王大娘看著她，微笑道：「你難道從未聽說易容術這件事？」

田思思聽過。

但葛先生的臉上雖然沒有任何表情，看來卻不像是易容改扮過的樣子。

這也許只不過因爲她根本就沒有仔細看過這個人。

她根本就不敢多看這個人一眼。

但他明明是一個好模好樣的人，爲什麼偏偏要扮成那種不是人的樣子呢？

是不是因爲他不敢揭露自己真實的身分，所以不敢以真面目見人？

他真實的身分又是什麼樣的人呢？

田思思懷疑，但卻已不再像以前那麼恐懼。

葛先生現在的樣子，無論誰看見都不會覺得恐懼的，他不但相貌英俊瀟灑，笑容更溫柔可親。

他看著田思思，微笑道：「我現在總該已配得上你了吧？」

張好兒笑道：「像你這樣子，就算真的是天女下凡，你也配得過了。」

田思思的心好像已有些動了，但忽又用力搖頭，大聲道：「不行！」

張好兒道：「爲什麼還不行？」

田思思道：「我連他是誰都不知道，怎麼能嫁給他呢？」

張好兒道：「這倒也有理，像田大小姐這種身分，當然要嫁個有頭有臉的人。」

王大娘截口笑道：「幸好我們這位葛先生也不是沒來歷的人，你們兩位不但郎才女貌，而且也正是門當戶對。」

田思思道：「哦？」

王大娘道：「你若知道他的真名實姓，說不定也會嚇一跳的。」

田思思道：「哦？」

王大娘悠然道：「柳風骨這名字你聽說過沒有？」

柳風骨！

這人居然是江南第一名俠柳風骨！

田思思真的嚇了一跳。

柳風骨也正是她心目中的大人物，她連做夢也想不到，這卑鄙下流又無恥的人，居然就是她心目中的大人物！

卅一 楊凡與柳風骨

一

若是換了以前，田大小姐說不定早叫了起來，跳了起來。

可是現在的田大小姐，已跟以前大不相同了。

這次她居然沉住了氣，瞪著這個人，道：「你真的是柳風骨？」

柳風骨微笑著，道：「一點不假。」

田思思道：「你真的就是那個武功江南第一、機智天下無雙的柳風骨？」

柳風骨笑道：「柳風骨只此一家，別無分號。」

他不但樣子變了，連說話的聲音都變了，變得又溫柔，又有禮，而且居然還很風趣——至少他自己覺得很風趣。

田思思道：「你說你是柳風骨，但我又怎知道你是真是假呢？」

柳風骨淡淡一笑，身子突然凌空而起。

眼見他已快撞上屋頂，突然間雙臂一張，人如燕子般翩翩向旁邊飛了出去。

貼著屋頂飛了出去。

張好兒已嬌笑著拍起手來。

王大娘道：「這正是輕功最難練的飛燕七式，也正是柳風骨的獨門功夫。」

張好兒笑道：「用不著你說，田大小姐又不是不識貨的。」

田思思當然識貨。

她當然知道這種凌空變式的輕功，正是輕功中最高妙的一種。

她忍不住暗中嘆了口氣，看來這卑鄙下流無恥的人，的確就是她心目中的大人物。

柳風骨已飄飄的落在她面前，臉上的笑容還是那麼溫柔親切，微笑著道：「現在你相信了麼？」

田思思怔了半晌，忽然長長的嘆息了一聲，道：「我相信了，但卻更不懂。」

柳風骨道：「不懂？什麼事不懂？」

田思思道：「像你這麼樣的人，若是光明正大的來求親，說不定我早就嫁給你了，爲什麼偏偏要兜這麼大的圈子呢？」

柳風骨笑道：「你現在嫁給我也還不遲。」

田思思嘆道：「現在已太遲了。」

柳風骨道：「爲什麼？」

田思思道：「因爲……因爲我已經有了心上人。」

柳風骨沉下了臉，冷冷道：「只可惜你那心上人是個永遠見不得天日的兇手。」

田思思眨了眨眼，道：「你以爲我說的是秦歌？」

柳風骨道：「難道不是？」

田思思眼睛好像在發著光，忽然冷笑，道：「你若以爲我的心上人是秦歌，所以故意栽贓，說他是殺死多事和尙的兇手，那你就錯了。」

柳風骨變了臉，道：「若不是秦歌是誰？」

田思思咬著嘴唇，道：「他雖然長得沒有你好看，但卻是個很聰明、很可愛的人。」

柳風骨沉聲道：「你說的究竟是誰？」

田思思道：「他姓楊，叫楊凡。」

她故意用眼角偷偷去看柳風骨的表情，誰知柳風骨臉上連一點表情也沒有。

田思思又道：「他不但是我自己很喜歡的人，而且也是我爹爹認定的女婿，所以我就算不想嫁給他都不行，除非……」

柳風骨道：「除非怎麼樣了？」

田思思淡淡道：「除非他願意把我讓給你。」

柳風骨沉吟著，道：「只要他肯讓給我，你就肯嫁？」

田思思道：「不錯。」

柳風骨道：「這次你絕不再反悔？」

田思思道：「絕不反悔。」

她說話的時候，心裡已忍不住在偷偷的笑。

那大頭鬼雖然也有可恨的地方，但卻絕不會出賣朋友的。

何況，他表面的樣子雖然裝得很兇，其實心裡說不定早已在偷偷的愛著她。

「他若知道我在這裡，一定會不顧一切趕著來救我的。」

他豈非已救過她很多次？

想到這裡，田思思心裡就忍不住升起了一種溫暖甜蜜之意。

忽然間，她想著的已全都是他的好意。

雖然剛才她還在恨他，在生他的氣，但現在卻已全忘得乾乾淨淨。

柳風骨居然已沉默了下來。

他似乎也已發覺這是件絕不可能的事。

田思思用眼角瞟著他，悠然道：「我說過這次絕不反悔，你爲什麼不找他來談談，說不定他會答應的。」

柳風骨沉默了很久，忽又淡淡笑了笑，道：「我用不著去找他。」

田思思眨著眼，道：「爲什麼？難道你已不想要我了？」

柳風骨道：「我想，但卻用不著去找他，因爲……」

田思思忍不住問道：「因爲什麼？」

柳風骨笑得很奇怪，一字字道：「因爲他本就已快來了。」

田思思怔了怔，道：「你……你怎麼知道？」

柳風骨笑得更神秘。

「難道那大頭鬼也已落入了他們的圈套？」

絕不會的！

他的頭那麼大，怎麼會隨隨便便就上別人的當，何況還有秦歌在他旁邊哩。

憑他們兩個人的武功和機智，十個柳風骨也未必能對付得了。

田思思怔了半晌，也忍不住笑了。

現在她只希望柳風骨沒有騙她，只希望楊凡真的很快就會來。

就在這時，她已看到了一個人，施施然從外面走了進來！

楊凡！

楊凡果然來了！

二

你若仔細觀察，就會發現世上有很多人的樣子隨時隨地都會改變的。

一剎那之前，他也許還是個君子，一剎那之後，就忽然變成了個惡棍；一剎那之前，他還在替你端茶倒酒，甚至恨不得跪下來舔你的腳，一剎那之後，他也許就會板起了臉，一腳把你踢出去。

這種人雖不太多，也不太少。

幸好世上還另外有種人，你走運的時候看見他，他是那樣子，你倒霉的時候看見他，他還是那樣子。

楊凡就是這種人。

你無論在什麼時候、什麼地方，看見他，他總是那副嘻嘻哈哈，滿不在乎的樣子。

他的頭看起來永遠都比別人大，走起路來永遠都不慌不忙，好像就算天塌了下來，他也不會著急。

這種樣子並不能算是很瀟灑的樣子，更不能算很可愛。

但此刻在田思思眼中看來，世上簡直已沒有一個比他更可愛的人了。

「他一定是拚著命來救我的！」

只要楊凡一來，天下還有什麼不能解決的事？

田思思歡喜得幾乎忍不住要跳了起來。

奇怪的是，柳風骨看到楊凡，居然連一點吃驚的樣子都沒有，反而顯得很歡喜。

他居然還向楊凡招了招手，道：「你過來。」

楊凡就過來了。

田思思本來以爲他的人一過來，秦歌也立刻就會跟著過來。

誰知他只是靜靜的站在那裡，臉上居然還帶著笑容。

田思思心裡已開始在嘀咕：「也許他只不過是在等機會，這大頭鬼一向很沉得住氣的。」

她盯著他的手，只希望這雙手一下子就能扼住柳風骨的咽喉。

楊凡卻始終沒有看她一眼，就好像根本沒有看見她這個人。

柳風骨微笑著道：「你來遲了。」

楊凡也在微笑著，道：「抱歉。」

柳風骨道：「你用不著對我抱歉，這位姑娘一直在等你，已等得很著急。」

楊凡道：「哦？」

他似乎直到現在才發現田思思在這裡，轉過頭來對她笑了笑，淡淡道：「抱歉，我不知道你在這裡等我。」

田思思瞪大了眼睛，道：「你不知道？」

楊凡搖搖頭。

田思思幾乎忍不住要大叫起來，勉強忍耐著，道：「你以為我會在什麼地方？」

楊凡淡淡笑道：「無論你在什麼地方，好像都跟我沒什麼關係。」

田思思道：「你……你忘了是誰叫我來的？」

楊凡道：「腳長在你自己的身上，當然是你自己要來的。」

田思思怔在那裡，再也說不出話來。

她忽然發現楊凡好像已完全變成了另一個人。

一個她從未見過的陌生人。

「這個楊凡難道也是別人冒名頂替的？」

絕不會的！

別人的頭絕不會有這麼大，笑起來也絕不會像這麼討厭。

柳風骨背負著手，在旁邊看著，顯然又愉快，又得意。直到這時，才微笑著道：「田姑娘想要我找你來談談。」

楊凡道：「談什麼？」

柳風骨道：「談談她。」

楊凡道：「她有什麼好談的？」

柳風骨道：「我想要她嫁給我，但她卻說一定要你同意。」

楊凡道：「要我同意？」

他好像覺得這是件很滑稽的事，忽然大笑道：「我又不是她老子，爲什麼要我先同意？」

柳風骨道：「因爲她本來是要嫁給你的。」

楊凡道：「我早就過，就算天下的女人都死光了，也不敢要她嫁給我。」

柳風骨道：「她說什麼？」

楊凡道：「她說天下的男人都死光了，也不會嫁給我的。」

他忽又轉頭向田思思一笑，道：「這話是不是你說的？」

田思思咬著牙，全身抖個不停。

她已氣得說不出話來，也已無話可說。

她只恨不得一下子就將這大頭鬼的腦袋像西瓜般砸得稀爛。

柳風骨笑道：「你既然這麼說，看來我們的婚事已沒問題了。」

楊凡道：「本來就連一點問題都沒有。」

柳風骨大笑，道：「好，好極了，到時候我一定請你來喝喜酒。」

楊凡道：「你想不請我也不行。」

柳風骨大笑著攬住他的肩，到現在爲止，田思思就算真是個白痴，也已看出這兩人是什麼關係了。

但她還是忍不住問了一句：「你們早就是朋友？」

楊凡道：「不是，我們不是朋友……」

柳風骨微笑著，接下去道：「我們只不過是兄弟，而且是最好的兄弟。」

田思思連嘴唇都已發白，道：「這件事從頭到尾都是你們早就計劃好的？」

楊凡悠然道：「他剛才已經說過，我們是好兄弟。」

田思思瞪著他，突然用盡全身力氣大叫起來，道：「姓楊的，楊凡，你究竟是不是人？你究竟是什麼東西？」

楊凡笑道：「楊凡本來就不是東西。」

柳風骨也笑了，道：「你以爲他真的姓楊？真的是楊凡？」

田思思又好像突然挨了一鞭子，連站都站不住了，後退了幾步，又「噗」的坐到那棺材上。

她就像是個已快淹死的人，好容易才抓住一塊木頭，但忽然又發現抓住的不是木頭，是條鱷魚，吃人的鱷魚。

現在她整個人都似已沉入了水底。

過了很久，她才能說出話來，嗄聲道：「你不是楊凡？」

楊凡道：「幸好我不是。」

田思思道：「真的楊凡呢？」

楊凡道：「在少林寺。」

田思思道：「在少林寺幹什麼？」

楊凡道：「唸經，敲木魚。」

田思思道：「他……他已經做了和尚？」

楊凡笑道：「現在他簡直已可算是老和尚了。」

田思思慢慢的點了點頭，喃喃道：「我明白了，我總算明白了……」

她真的明白了麼？

也許她的確已明白了很多，但另外的一些事，還是做夢也想不到的。

卅二 絕路

一

田思思坐在棺材上，只恨不得能早些躺到棺材裡去。

她本來以爲自己一定會大哭一場的，但現在連眼淚都沒有流下來。

難道她已沒有淚可流？

沒有希望，就沒有眼淚，只有已完全絕望的人，才懂得無淚可流是件多麼痛苦，又多麼可怕的事。

可是她看起來反而好像很平靜，特別平靜。

柳風骨一直在看著她，微笑著道：「你說過這次絕不反悔的。」

田思思茫然點了點頭，道：「我說過。」

柳風骨道：「你已答應嫁給我。」

田思思道：「我可以答應你，只不過……我還要先問你一句話。」

柳風骨笑道：「只要你高興，問一千句也行。」

田思思道：「我只想問你，你爲什麼一定要我嫁給你？世上的女人又不止我一個。」
柳風骨柔聲道：「女人雖然多，但田思思卻只有一個。」
田思思道：「我要聽實話！現在你還怕什麼？爲什麼還不肯說實話？」
柳風骨道：「因爲實話都不太好聽。」
田思思道：「我想聽。」
柳風骨沉吟著，忽又笑了笑，道：「你知不知天下最有錢的人是誰？」
田思思道：「你說是誰？」
柳風骨含笑道：「是你，現在世上最有錢的人就是你。」
田思思怔了半晌，慢慢道：「原來你要娶的並不是我這個人，而是我的錢。」
柳風骨嘆了口氣，道：「我早已說過，實話絕沒有謊言那麼動人。」
田思思道：「你爲什麼不索性殺了我，再把錢搶走，那豈非更方便得多？」
柳風骨道：「那就反而麻煩了。」
田思思道：「怎麼會麻煩？」
柳風骨道：「你知不知道田家的財產一共有多少？」
田思思道：「不知道。」
柳風骨道：「但我卻已調查得很清楚，北六省每一個大城大縣裡，差不多全都有田家的生意，我若一家家的去搶，搶到我鬍子白了也未必能搶光。」

他微笑著，又道：「但我若做了田大小姐的夫婿，豈非就順理成章的變成了田家所有生意的大老闆，你若萬一不幸死了，田家的生意就順理成章變成姓柳的。」

田思思又慢慢的點了點頭，道：「這法子的確方便得多。」

柳風骨笑道：「現在你總算明白了。」

田思思道：「其實我早就該明白了。」

柳風骨道：「但你卻一直沒有想通這道理，因爲這道理實在太簡單，最妙的是，愈簡單的道理，人們往往反而愈不容易想通。」

田思思道：「我的確還有件事想不通。」

柳風骨道：「你說。」

田思思道：「你既然想要逼著我嫁給你，爲什麼又要叫這人假冒楊凡來救我？」

柳風骨道：「因爲我本來是想要你嫁給他的。」

田思思冷笑道：「你以爲我會嫁給他？」

柳風骨道：「有很多女人爲了報救命之恩，都嫁給了那個救她的男人。」

田思思道：「所以你才故意製造機會，讓他來救我？」

柳風骨笑道：「這法子雖已被人用過了很多次，但卻還是很有效。」

田思思道：「你爲什麼不選別人，偏偏選上了這麼樣個豬八戒？」

柳風骨道：「因爲他是我的好兄弟，他若有了錢，就等於我的一樣。」

田思思道：「你爲什麼不想法要我感激你，嫁給你，那豈非更簡單？」

柳風骨淡淡道：「像我這樣的人，無論做什麼事都最好不要自己露面，這道理你現在也許還不懂，但以後就會慢慢明白的。」

田思思冷冷道：「也許我現在已明白。」

柳風骨道：「哦？」

田思思道：「你自己若不露面，做的事就算失敗了，也牽涉不到你身上去，所以你永遠是江南大俠，誰也沒法子找出你的毛病來。」

她忽然冷笑，道：「但我卻已找出了你的毛病，就是太聰明了些。」

柳風骨微笑道：「你好像也不笨。」

田思思道：「現在你卻還是露面了。」

柳風骨道：「不錯。」

田思思道：「你怎麼會改變主意的？」

柳風骨道：「第一，因爲我以爲你很討厭我這兄弟，絕不肯嫁給他，第二，因爲我現在急著要錢用，沒時間再跟你玩把戲。」

田思思道：「所以你才會對我說實話？」

柳風骨道：「現在我無論怎麼說，都已沒什麼太大的關係。」

田思思道：「現在你究竟想怎麼做呢？」

柳風骨道：「我們當然要先回田家莊去成親，而且還得要田二爺親自來主辦這婚事。」

田思思道：「哪個田二爺？」

柳風骨笑了笑，道：「當然是你剛才見到的那一個。」

田思思道：「然後呢？」

柳風骨道：「等到江湖中人都已承認我是田家的姑爺，這個田二爺就可太太平平的壽終正寢了。」

田思思道：「等到那時，我當然也就會忽然不幸病死。」

柳風骨淡淡道：「紅顏多薄命，聰明漂亮的女孩子，往往都不會太長命的。」

田思思道：「然後田家的財產，當然就全都變成了姓柳的。」

柳風骨悠然道：「你們家對我的好處，我還是永遠都不會忘記，每當春秋祭日，我一定會到田家的祖墳去流幾滴眼淚。」

田思思嘆了口氣，道：「你想得的確很周到，只可惜你還是忘了一件事。」

柳風骨道：「哦？」

田思思道：「你既然已說了實話，我難道還肯嫁給你麼？」

柳風骨道：「你豈非已答應了我？而且說過絕不反悔的。」

田思思道：「女孩子答應別人的話，隨時都可以當作狗屁。」

柳風骨突然大笑，道：「你以為我真的沒有想到這一著？柳風骨機智無雙，算無遺策，這名聲又豈是容易得來的。」

田思思道：「你……你就算能逼我嫁給你，也絕對沒法子要我在大庭廣眾間，跟你拜堂成親的，你做夢也休想！」

柳風骨道：「我從來不喜歡做夢。」

田思思道：「難道你有什麼法子能要我改變主意？」

柳風骨道：「我用不著要你改變主意，只要讓你沒法子說話就行了。」

田思思道：「但腿還是長在我自己身上的，你有什麼法子能要我跟你去拜天地？」

柳風骨道：「但我卻可以用別人的腿，來代替你的腿，新娘子走路時，豈非總是要別人攙扶著的？」

田思思一直很堅強，一直很沉得住氣。

一個人若已到了沒有任何東西可以依賴的時候，往往就會變得堅強起來的。

可是現在她眼淚卻又忍不住要流了下來。

她用力咬著嘴唇，過了很久，才透出這口氣，道：「我知道你嘴裡雖這麼樣說，其實卻絕不會真的這麼樣做。」

柳風骨道：「你不信我是說得出，就做得到的人？」

田思思道：「但你自己當然也明白，這麼樣做一定會引起別人懷疑，否則你早就做了，又怎會費這麼多事，又何必等到現在？」

柳風骨道：「不錯，田二爺的朋友很多，以我的身分地位，當然不能讓別人懷疑我，所以我一定要先找個可以代替你說話的人。」

田思思道：「沒有人能代替我說話。」

柳風骨道：「有的，我保證她替你說的話，無論誰都一定會相信。」

田思思道：「難道你已找到了這麼樣一個人？」

柳風骨道：「你不信？」

田思思道：「你……你找的是誰？」

這句話其實她已用不著再說，因爲這時她已看到張好兒拉著一個人的手，微笑著走了過來。

她永遠也想不到這個人也會出賣她。

她寧死也不願相信，但卻已不能不相信。

田心。

她終於又見到了田心。

二

田心甜甜的笑著，拉著張好兒的手，就好像她以前拉著田思思時一樣。

她看來還是那麼伶俐，那麼天真。

她臉上甚至連一點羞愧的樣子都沒有。

田思思本來最喜歡看她笑，最喜歡看她笑的時候噘起小嘴的樣子，有時她也好像很老練、很懂事，但只要一笑起來，就變成了個嬰兒。

嬰兒總是可愛的。

現在她笑得就正像是個嬰兒。

但現在田思思卻沒有看見這種笑，幸好沒有看見，否則她也許立刻就會氣死。

她的眼睛雖然瞪得很大，但卻已什麼都看不見。

甚至柳風骨說話的聲音，她聽來都已很遙遠。

柳風骨正在問田心：「這件事應該怎麼做，現在你已經完全明白了麼？」

田心嫣然道：「剛才張姐姐已說了一遍，我連一個字都沒有忘記。」
柳風骨道：「她怎麼說的？」
田心道：「明天晚上，我就陪老爺和小姐回家，那時家裡的人已經全都睡了，所以我們就可以從後門偷偷的溜回屋裡去。」
柳風骨道：「為什麼要偷偷溜回去？」
田心道：「因為那時小姐已說不出話，也走不動路了，當然不能讓別人看到她那樣子。」
柳風骨道：「第二天若有人問她，為什麼不像以前一樣到花園來玩呢？」
田心道：「我就說小姐怕難為情，所以不好意思出來見人。」
柳風骨道：「為什麼怕難為情？」
田心道：「因為大後天，就是小姐大喜的日子，要做新娘子的人，總是怕難為情的！」
柳風骨道：「喜事為什麼要辦得如此匆忙？」
田心道：「因為田二爺病了，急著要沖沖喜。」
柳風骨道：「田二爺怎麼會忽然病了的？」
田心道：「在路上中了暑，引發了舊疾，所以病得很不輕。」
柳風骨道：「就因為他病得不輕，所以才急著要為大小姐辦喜事，老人家的想法本就是這樣子的。」

田心道：「也就因爲他病得不輕，所以不能出房來見客，就算是很熟的朋友來了，也只能請到他的房裡去坐。」

柳風骨道：「還有呢？」

田心道：「病人當然不能再吹風，所以他屋裡的窗戶都是關著的，而且還得垂下窗簾。」

柳風骨道：「要很厚的窗簾。」

田心道：「病人既不能坐起來，也不能說話，最多只能在床上跟朋友打個招呼；何況，喜事既然辦得很匆忙，能通知到的朋友根本就不多。」

柳風骨道：「愈少愈好，只要有幾個能說話的就行了。」

田心道：「客人的名單我已擬好，剛才已經交給了張姐姐。」

柳風骨臉上露出滿意之色。道：「然後呢？」

田心道：「然後大喜的日子就到了，張姐姐和王阿姨就是喜娘，負責替新娘子打扮起來，再跟我一起扶新娘子去拜堂。」

柳風骨道：「然後呢？」

田心笑道：「然後新娘子進了洞房，就沒有我們的事了。」

柳風骨大笑道：「然後這件事就算已功德圓滿，我就可以準備辦你跟我這兄弟的喜事了，那才是真正的喜事。」

田心紅著臉垂下頭，卻又忍不住用眼角偷偷去瞟楊凡，目光中充滿了柔情蜜意。

難道她真的看上了這大頭鬼？

難道她就是爲了他，才出賣田思思的？

世上有很多事的確太荒唐、太奇怪，簡直就叫人無法思議，無法相信。

每個人都在笑。

他們的確已到了可以笑的時候。

無論笑得多大聲都沒關係。

田思思反正已聽不到他們的笑聲。

剛才她若已沉在水底，現在這水簡直就似已結成了冰。

她只覺得自己連骨髓裡都在發冷。

「楊凡，你好，田心，你好，你們兩個人都很好。」

她真想大笑一場，笑自己居然會將這兩個人當做自己的朋友。

還不止是朋友，這兩人本已是她生命中的一部份。

現在呢？

現在什麼都完了，這世界是否存在，對她都已完全不重要。

她忽然發覺自己在這世界上，竟沒有一個親人，沒有一個朋友——

也許還有一個！

秦歌！

秦歌絕不會和這些卑鄙下流無恥的人同流合污的，否則他們又何必費那麼多心機來陷害他？

可是他人呢？到哪裡去了？是不是正在想法子救她？

這已是田思思最後的一線希望，只要能知道秦歌的消息，她不惜犧牲任何代價。

就在這時，她忽然聽到柳風骨在問楊凡：「秦歌呢？你沒有帶他來？」

楊凡笑了笑，道：「若不是爲了要帶他來，我怎麼會來遲？」

柳風骨也笑了笑，道：「他怎麼樣？是不是真的很不好對付？」

楊凡道：「一個人若挨了五六百刀，總不會是白挨的！」

柳風骨道：「你爲什麼不將他留給少林寺的和尚？又何必自己多費力氣？」

楊凡道：「這人太喜歡多管閒事，留他在外面，我總有點不放心。」

柳風骨笑道：「看來你做事比我還仔細，難怪別人說，頭大的人總是想得周到些。」

楊凡又笑了，道：「我已經將他交給外面當値的兄弟，現在是不是要帶他進來？」

柳風骨道：「好，帶他進來。」

於是田思思又看到了秦歌。

現在她寧願犧牲一切，也不願看到秦歌這樣子被別人抬進來。

三

秦歌已被兩個人抬了進來。一個人抬頭，一個人抬腳，就像是抬著死人似的，將他抬了進來。

死人至少還是硬的，至少還有骨頭。

但秦歌卻似已完全癱軟，軟得就像是一灘泥。

別人剛把他扶起來，忽然間，他的人又稀泥般倒在地上。

他喝醉酒時，也有點像這樣子。

可是現在他卻很清醒，眼睛裡面絕沒有絲毫酒意，只有憤怒和仇恨。

柳風骨嘆了口氣，道：「你究竟用什麼手段對付他的？怎麼會把他弄成這樣子？」

楊凡淡淡道：「也沒有用什麼特別的手段，只不過用手指戳了他幾下子而已。」

柳風骨皺眉道：「以前他能挨得別人五六百刀，現在怎麼會連你的手指頭都挨不住了？」

楊凡道：「以前他還是個窮小子，窮人的骨頭總是特別硬些。」

柳風骨道：「現在呢？」

楊凡道：「人一成了名，就不同了，無論誰只要過一年像他那種花天酒地的日子，就算是個鐵人，身子也會被淘空的。」

柳風骨又嘆了口氣，道：「快搬張椅子，扶秦大俠坐起來，地下又濕又冷，秦大俠萬一若受了風寒，誰負得起責任。」

這兩人一搭一擋，一吹一唱，滿臉都是假慈悲的樣子。

田思思咬著牙，真恨不得衝過去，一人給他們幾個大耳光。

椅子雖然很寬大，秦歌卻還是坐不穩，好像隨時都會滑下來。

柳風骨走過去，微笑著道：「秦兄，我們多年未見，我早就想勸勸秦兄，多保重保重你自己的身子，酒色雖迷人，還是不能天天拿來當飯吃的。」

秦歌看著他，突然用力吐了口痰，吐在他臉上。

柳風骨連動都沒有動，也沒有伸手去擦，臉上甚至還帶著微笑。

這世上真能做到「唾面自乾」的人又有幾個？

秦歌忽然用盡全身力氣大笑，道：「我真佩服你，你他媽的真有涵養，真他媽的不是個人，我只奇怪你媽怎麼把你生出來的？」

柳風骨也在看著他，過了半天，才轉頭向楊凡一笑，道：「你明白他的意思嗎？」

楊凡點點頭，道：「他想要你趕快殺了他。」

柳風骨淡淡道：「現在少林寺已認定了他是謀殺多事和尚的兇手，他無論是死是活，都已完全沒什麼兩樣。」

楊凡道：「但你還是不會很快就殺他的。」

柳風骨道：「當然不會，很久以前，我就想知道這一件事，除了他之外，沒有人能告訴我，我怎麼能讓他死得太快？」

楊凡道：「你想知道什麼事？」

柳風骨冷冷道：「我一直想知道他究竟能挨幾刀？」

楊凡道：「你猜呢？」

柳風骨道：「至少一百二十刀。」

楊凡道：「沒有人能挨得了一百二十刀。」

柳風骨忽然又笑了，道：「你賭不賭？」

楊凡道：「怎麼賭？」

柳風骨道：「假如他挨到一百十九刀時就死了，就算我輸。」

楊凡道：「那也得看你一刀有多重？」

柳風骨道：「就這麼重。」

他突然出手，手裡多了把刀，刀已刺入秦歌的腿。

秦歌連眉頭都沒有皺一皺，冷笑道：「這一刀未免太輕了，老子就算挨個三五百刀也不在乎。」

柳風骨悠然道：「秦兄真的想多挨幾刀，在下總不會令秦兄失望的。」

田思思忽然大聲道：「我跟你賭。」

柳風骨又笑了，道：「你想跟我賭，賭什麼？」

田思思咬著牙，道：「我賭你絕不敢一刀就殺了他。」

柳風骨道：「哦？」

田思思道：「我若輸了，我……我就心甘情願的嫁給你，你用不著多費事了。」

柳風骨微笑著，道：「這賭注倒不小，倒值得考慮考慮。」

田心忽然慢慢走過來，嫣然道：「我們家小姐心腸最好，生怕看到秦少爺活受罪，所以才故意想出這法子來，既然遲早都要死，能少挨幾刀總是好的。」

她笑得那麼天真，接著又道：「小姐的心意，沒有人比我知道得更清楚了。」

柳風骨道：「你還知道什麼？」

田心笑道：「我還知道小姐的心雖然好，但變起來卻快極了，有時她想吃冰糖蓮子，想得要命，但等我去把冰糖蓮子端來時，她卻碰都不碰，因爲她忽然又想吃鹹的元宵了。」

她眨著眼，又笑道：「所以我們家小姐無論說什麼，你都最好聽著，聽過了就算了，千萬不能太認真，尤其不能跟她打賭，因爲她若賭輸了，簡直沒有一次不賴帳的。」

田思思瞪著她，眼睛裡好像已冒出火來。

田心忽又轉頭向她一笑，道：「我說的是實話，小姐可不能生氣。」

田思思冷笑道：「你放心，我就算生王八蛋的氣，也不會生你的氣。」

田心垂下頭，幽幽道：「我知道小姐心裡一直很恨我，其實我也有我的苦處。」

田思思道：「哦？」

田心道：「我生來就是個丫頭，你生來就是小姐，我的苦處，你當然不會明白，一個人若做了丫頭，就像變成了塊木頭，既不能有快樂，也不能有痛苦。」

她嘆了口氣，接著道：「其實小姐是人，丫頭也是人，沒有人願意一輩子做丫頭的。」

田思思身子發抖，道：「我……我幾時拿你當做丫頭看了，你說！」

田心道：「無論小姐怎麼看，我總是個丫頭。」

田思思道：「所以你就應該害我？」

田心又垂下頭，道：「小姐若在我這種情況下，說不定也會像我這麼樣做的。」

田思思忽然也嘆了口氣，道：「好，我不怪你，可是我還有句話要跟你說。」

田心道：「我在聽著。」

田思思道：「你過來，這句話不能讓別人聽見。」

田心垂著頭，慢慢的走了過來。

田思思道：「再過來一點，好……」

她忽然用盡平生力氣，一個耳光摑在田心的臉上。

然後她自己也倒在地上，放聲痛哭起來。

她實在已忍耐得太久，她本來還想再忍耐下去，支持下去。

可是她整個人都已崩潰。

沒有希望，連最後一線希望都已斷絕。

一個人若已完全絕望，就算能苦苦支持下去，爲的又是什麼呢？

人生本是一條路，她的路現在已走完了。

她已被逼入了絕路。

卅三　請君入棺

一

世上真的有絕路？

路豈非就是人走出來的麼？

一個人只要還沒有真的躺進棺材，總會有路走的——就算沒有路，你也可以自己去走出來。

田思思已倒在棺材旁。

她距離棺材實在已太近了。

二

秘室中忽然靜了下來，這倒不是因爲他們要專心欣賞田思思的哭聲，而是因爲他們忽然聽到了一陣很奇怪的腳步聲。

腳步聲是從上面傳下來的，上面就是梵音寺。

梵音寺是個廟，有人在廟裡走路，並不能算是件很奇怪的事。

奇怪的是，這腳步聲實在太沉重。

就算是個十丈高的巨人在上面走路，也不會有這麼沉重的腳步聲。

每個人都在聽著，只聽這腳步聲慢慢的走過去，又慢慢的走回來。

柳風骨忽然道：「無色來了。」

王大娘臉色已有些發白，道：「你怎麼知道是他來了？」

柳風骨冷冷道：「除了這老和尚之外，誰腳下能有如此深厚的內力？」

楊凡道：「來的一共有三個人。」

王大娘道：「三個人？」

柳風骨點點頭，道：「旁邊有兩個人的腳步聲很輕，你們聽不出。」

張好兒道：「這老和尚在上面窮兜圈子幹什麼？」

柳風骨笑道：「他這是在向我們示威。」

張好兒動容道：「這麼樣說來，他莫非已知道有人在下面？」

楊凡點點頭，道：「但他卻還沒有找出到下面來的路。」

張好兒道：「可是他遲早找得出來的，是不是？」

王大娘道：「他既然已知道有人在下面，不找到我們，怎麼肯走？」

張好兒勉強笑了笑，道：「幸好金大鬍子他們已沒法子再開口，這件案子已死無對證了。」

王大娘道：「但他若看到我們在下面，還是會起疑心的。」

張好兒道：「那末我們不如就快點走吧。」

楊凡忽然道：「我們不能走！」

張好兒道：「爲什麼？」

楊凡沉著臉，道：「不能走就是不能走。」

張好兒道：「難道我們就這樣在這裡，等著他找來？」

楊凡道：「我們也不必等。」

張好兒道：「既不能走，也不必等，你說該怎麼辦呢？」

楊凡道：「我上去找他。」

王大娘失聲道：「你上去找他？你瘋了？」

楊凡沉聲道：「他既已找到這裡來，說不定已對這件事起了疑心，不查個水落石出，他是絕不肯放手的，所以……」

張好兒搶著道：「所以怎麼樣？」

楊凡道：「所以我們就不如一不做，二不休，索性連他也……」
王大娘也搶著問道：「你難道想連他也一起殺了滅口？」
楊凡淡淡道：「我們已殺了一個和尚，和尚又不是殺不得的。」
張好兒道：「問題是，誰去殺他呢？」
楊凡道：「我。」
張好兒瞪大了眼睛，道：「你？你不怕他的羅漢伏虎拳？」
楊凡笑了笑，道：「我又不是老虎，爲什麼要怕他的伏虎拳？」
張好兒嘆了口氣，轉身看著柳風骨，道：「你說他是不是瘋了？」
柳風骨淡淡道：「他沒有瘋，就算天下的人全都瘋了，他也不會瘋的。」
上面的腳步聲還在響，楊凡已大步走了出去。
張好兒嘆了口氣，喃喃道：「我只希望他這一去，莫要變成了個死老虎。」
柳風骨忽然笑了笑，悠然道：「就算他死了，我又沒有要你陪著他死，你急什麼？」

腳步聲突然停了下來。
張好兒輕輕吐出口氣，道：「現在他已經上去了，那老和尚已看到他了。」
王大娘道：「那老和尚既然不認得他，當然也不知道他是去幹什麼的。」

大。」

張好兒道：「所以老和尚現在一定在問他，你是什麼人？想來幹什麼？」

王大娘道：「他會不會說，我是來殺你的？」

張好兒道：「絕不會，他又不是豬，怎麼會讓那老和尚先有了戒備。」

王大娘點點頭，道：「不錯，他一定要在那老和尚猝不及防時下手，得手的機會才比較

張好兒道：「就算不能一把得手，至少也能搶個先機。」

王大娘道：「所以他現在一定在跟那老和尚鬼扯！」

張好兒笑道：「憑他那張油嘴，一定能把那老和尚騙得團團亂轉。」

王大娘也笑了，道：「你是不是也被他騙得團團亂轉過？」

張好兒道：「你是不是又在吃醋？」

她拉起田心的手，笑道：「現在就算有人要吃醋，也輪不到你了。」

田心一直瞪大了眼睛，在聽著——不是在聽他們說話，是在聽著上面的動靜。

對楊凡，她顯然比誰都關心。

田思思呢？

她是不是真希望楊凡的大腦袋，被無色大師像西瓜般砸得稀爛？

田心忽然道：「你們聽，他們好像已打起來了。」

其實用不著她說，別人也已全都聽見。

這時上面又響起了很沉重的腳步聲，甚至比剛才更沉重。

腳步很快，但卻只踏在幾個固定的地方。

據說一個真正對羅漢伏虎拳有造詣的少林高僧，在雪地上將一趟拳打完，最多也只不過在地上留下七個腳印。

王大娘道：「看來那老和尚果然是在用羅漢伏虎拳對付他。」

張好兒嘆了口氣，道：「所以，他並沒有能一擊得手。」

王大娘嘆道：「看來這老和尚果然有兩下子，要對付他還真不容易。」

上面的腳步聲更急，更沉重，彷彿已用出全力。

張好兒忽又笑了笑，道：「可是他也不是好對付的，否則這老和尚怎麼會使這麼大的勁。」

忽然間，腳步聲很快的連響了七次，就好像巨鎚連擊鼙鼓。

柳風骨臉色也很凝重，沉聲道：「這一著想必是『風雷並作』。」

「風雷並作」正是伏虎拳中最霸道的一招，而且招中有招，連環變化，變化無窮。

以無色大師的功力火候，使出這一招來，江湖中人能避開的人不多。

但楊凡卻顯然避開了。

上面並沒有他的驚呼聲，也沒有人倒下。

也不知為了什麼，田思思居然也在暗中鬆了口氣——她不是一心希望楊凡快點死的麼？

女孩子的情感，實在真難捉摸。

但男人們的情感難道就有什麼不同？

世上本沒有人真的能控制自己的情感，就正如沒有人能控制天氣一樣。

張好兒也鬆了口氣，道：「看來這老和尚的『風雷並作』沒有制住他。」

柳風骨沉著臉，道：「他的確避開了。」

張好兒道：「我真想上去看看，他在用什麼功夫對付那老和尚。」

柳風骨道：「到現在為止，他還沒有攻出一招。」

張好兒道：「難道他只挨打，不還手？」

柳風骨道：「正是這樣。」

張好兒道：「這又算哪門子打法？」

柳風骨道：「這就算是最厲害的打法，他只有用這種法子，才能對付無色。」

張好兒道：「你知道他用的是什麼法子？」

柳風骨點點頭，道：「現在他正以八卦遊身拳的輕功身法在誘那無色全力搶攻，要等無色的體力消耗完了，他才肯出手。」

張好兒眨眨眼，道：「我明白了，無色不管多麼強，畢竟已經是一個老頭子，體力總不如年輕人的。」

柳風骨道：「何況羅漢伏虎拳講究的本是以強欺弱，以剛克柔，所以最消耗真力，能將一百另八招伏虎拳打完，還能開口說話的，已經是少見的高手。」

張好兒道：「但他又不是八卦門的徒弟，怎麼會遊身拳那一類的功夫呢？」

柳風骨道：「這人會的武功很雜……」

他目中帶著若有所思的表情，過了很久，才慢慢接著道：「他是個很好的幫手，很有用，我既然很需要這種人，又何必去追究他的來歷？」

張好兒眼珠子轉了轉，笑道：「這話你是說給誰聽的？」

柳風骨淡淡道：「說給我自己聽的。」

王大娘忽然道：「其實我一直都想不通，你怎麼會跟他有這麼好的交情？」

柳風骨冷冷道：「我說過，我很需要他，他也很需要我。」

王大娘道：「他爲什麼需要你？」

柳風骨道：「據說他在關外做了幾件大案子，得罪了很多高手，所以他才逃到江南。」

王大娘道：「你調查過？」

柳風骨冷冷道：「你以爲我隨隨便便就會相信一個人？」

王大娘道：「但你還是並沒有完全相信他，有很多事你都沒有讓他知道。」

柳風骨忽又笑了笑，道：「你以爲你每件事全都知道？」

他笑得很親切，也很瀟灑。

但王大娘的臉卻似已有些發白，連話都說不出了。

張好兒卻又笑道：「我也有件事一直都想不通。」

柳風骨道：「哦？」

張好兒吃吃笑道：「他的頭那麼大，肚子也不小，怎麼能施展輕功來呢？是不是因爲他的骨頭太輕了……」

她笑聲忽然停頓。

柳風骨忽然道：「這一著是伏虎揚威！」

就在這時，一個人忽然從上面跌了下來，恰巧正跌入了那口棺材。

棺材並不是沒有蓋子的。

棺材蓋雖掀開，卻還是有一半蓋在棺材上。

這人居然還是跌入了棺材，因爲他的人實在太瘦、太小。

就算棺材的蓋再蓋起來一點，他還是照樣能掉得進去。

他跌進棺材後，就像真的是個死人，連動都不能動了。

這人當然不是楊凡。

他的頭太大，肚子也不小，再大點的棺材，他也很難掉下去。

掉下去的人是無色。

伏虎揚威正是一百另八式羅漢伏虎拳的最後一招！

這一招剛使出，無色已跌了下來。

他不能開口說話。

然後楊凡才輕飄飄的落下來。

他只算一個腦袋，至少已有十來斤重，但落在地上時，卻輕得好像四兩棉花。

難道他真的骨頭奇輕？

就算他的骨頭真輕，總算連一根都沒有少，總算完完整整的回來了。

田思思閉起眼睛。

她永遠不想再看到這個人，永遠不想！

可是他剛才沒有回來的時候，她爲什麼還彷彿在替他擔心呢？

他明明是個卑鄙下流無恥的人，明明在騙她、在害她。

無色大師明明是個正直俠義的高僧。

可是她心裡爲什麼還偏偏希望這一戰勝的是他？

她實在不能瞭解自己。

她恨自己，恨自己爲什麼會有這種顛顛倒倒，莫名其妙的感情。

她雖然閉著眼睛，卻還是可以想像到這大頭鬼現在的樣子。

「現在他一定是神氣活現，洋洋得意。」

現在他不得意誰得意？

連無色大師都已敗在他手裡。

他們的陰謀計劃，現在眼看已大功告成，再也沒有一個能阻撓他們的人。

田思思以前也曾聽到過很多有關陰謀和惡徒的故事，無論多麼複雜周密的陰謀，到後來總是要被人揭穿，總是要失敗的。

善良正直的一方，遲早總有勝利出頭的時候。

但現在，她親身遭遇到的情況，竟和她聽到的故事完全不同。

現在惡徒已得勝，陰謀已得逞，好人反而要被打進悲慘黑暗的地獄裡。

田思思真恨，不但恨自己，恨這些卑鄙下流無恥的惡徒，也恨這世界。

這世界上難道已沒有天理？

楊凡果然是滿臉神氣活現，揚揚得意的樣子。

他有理由得意。

柳風骨已走過來，用力拍著他的肩，笑道：「好兄弟，你真有兩下子，這一戰打得真漂亮。」

楊凡淡淡道：「其實那也沒什麼。」

張好兒搶著道：「誰說那也沒什麼？江湖上能擊敗少林護法的人，又有幾個？」

楊凡微笑道：「其實他功力的確比我深厚得多，我只不過靠了幾分運氣而已。」

柳風骨道：「那絕不是運氣，是你的戰略運用成功。」

張好兒又搶著道：「你究竟是怎麼打倒他的？說給我們聽聽好不好？」

楊凡緩緩道：「少林的羅漢伏虎拳，經過十餘代少林高僧的修正、改進，到現在幾乎已無懈可擊，我也知道他將這趟拳一施展開來，我絕不可能有擊倒他的機會，所以……」

王大娘也忍不住道：「所以你怎麼樣？」

楊凡道：「所以我只有等，等他將這路拳的一百另八招打完，等著他變招提氣的那一瞬間，用盡全力，給他一下子。」

張好兒笑道：「你果然一下子就將他打倒了。」

柳風骨道：「這一下子說來容易，其實可真不簡單，那不但要先想法子避開無色大師那一百另八招伏虎拳，而且還得算準他換氣的時候，算準他空門在哪裡，時間部位都要拿捏得連半分都不能錯，因爲這種機會只要一錯過，就永遠不會再來的。」

王大娘忽又問道：「那兩個小和尚呢？」

楊凡微笑道：「那兩個也不是小和尚，也是少林寺中有數的硬手。」

王大娘笑道：「你當然也把他們一起收拾了。」

楊凡道：「沒有。」

王大娘道：「沒有？你難道……」

楊凡道：「他們已走了。」

王大娘愕然道：「你怎麼能讓他們走？」

楊凡道：「我故意放他們走的。」

王大娘道：「爲什麼？」

楊凡笑了笑，道：「因爲我要讓他們回去，告訴少林寺的門下，多事和尚是死在誰手裡的。」

王大娘想了想，嫣然道：「腦袋大的人，想得果然比別人周到些。」

秦歌一直癱在椅子上，像已奄奄一息，此刻忽然道：「你們如此陷害我，難道就爲了怕田思思嫁給我？」

柳風骨道：「我們也並不完全是爲了這原因。」

秦歌道：「還有什麼原因？」

柳風骨道：「多事和尚實在太多事，我久已想除掉他！」

秦歌道：「可是你又怕少林寺的門下來報復？」

柳風骨微笑道：「現在我的確不願和少林寺正面衝突，再過幾年，情況也許就不同了。」

秦歌道：「所以你現在就要找個替死鬼？」

柳風骨笑道：「其實我跟你也沒什麼特別難過的地方，只不過當時想不著更好的替死鬼，所以只好找到你了。」

秦歌冷笑道：「其實你早就跟我難過得很。」

柳風骨道：「哦？」

秦歌道：「因爲我忽然竄起來，這兩年我的名頭已經比你響，你早已把我看成眼中釘，遲早總要想法子來修理我的，這就叫一計害雙賢，一下子就拔掉兩個眼中釘。」

柳風骨悠然道：「你既然一定要這麼想，我也不必否認。」

秦歌道：「現在我只問你，多事和尚究竟被誰殺的？」

柳風骨道：「你猜呢？」

秦歌道：「你！當然是你！」

柳風骨道：「你看見了？」

秦歌道：「我雖然沒有看見，但卻知道當時多事和尙從翻板上掉下去的時候，你已在下面等著，乘他身形還未站穩，就給了他致命的一擊。」

柳風骨道：「然後呢？」

秦歌道：「然後你就將他的屍身，從地道中送到後面密室裡去。」

柳風骨道：「我爲什麼要這樣做？」

秦歌道：「因爲你要爭取時間，你將我們誘到密室中去，爲的就是要乘這一段時間，將外面佈置好，等我們出去時，外面已又是個賭場。」

柳風骨沉著臉道：「說下去。」

秦歌道：「同時你故意透露消息給無色大師，說多事和尙有了危難，要他在那時趕到賭場去。」

柳風骨道：「我怎麼知道他一定會及時趕到？」

秦歌道：「多事和尙不但是無色大師的師弟，而且從小就跟著這位師兄練武，兩人的情感就如同父母手足一樣，無色大師若知道這小師弟有了危難，當然會不顧一切趕去的。」

柳風骨道：「還有呢？」

秦歌道：「你爲了要讓無色大師親眼看到當時的情況，所以一定要將時間算得很準確，而且早已收買了一批人，要他們作賭場中的賭客，好在無色大師面前作僞證。」

柳風骨道：「然後呢？」

秦歌道：「被多事和尙強迫剃光了頭的那些人，雖然本也是你的心腹手下，但你爲了要將這件事做得天衣無縫，死無對證，所以不惜殺了他們滅口。」

柳風骨道：「我在哪裡殺他們的？」

秦歌道：「就在這裡。」

他喘了口氣，接著又道：「這梵音寺本是個古寺，遠在梁武帝屠僧時，寺已落成，寺僧們爲了避禍，所以在廟裡建造了很多地道複壁。」

柳風骨冷冷道：「再說下去。」

秦歌道：「在這裡殺人不但隱秘，而且有很多地方都可以埋葬屍體，要佈置埋伏暗卡也很容易，所以你才會選擇這裡作你的狗窩。」

他冷笑著，接著道：「所以你們這一群公狗母狗，才會約在這裡相見，等著吃你們的狗屎。」

柳風骨冷冷的看著他，道：「還有沒有？」

秦歌道：「沒有了，現在狗屎眼看已經快被你們吃到，我還有什麼話可說。」

柳風骨忽然長長嘆了口氣，道：「想不到你居然也是聰明人，我們一直低估了你。」

秦歌道：「多事和尚究竟是不是你殺的？」

柳風骨淡淡道：「我很少殺人，若非多事和尚這樣的高僧，還不配我親自出手。」

他悠然接著道：「我殺的一向只不過是名士、高僧、英雄、美人。」

秦歌道：「我呢？」

柳風骨冷笑道：「你還不配。」

楊凡忽然道：「但你也不必著急，我們總會找個合適的人來殺你的。」

秦歌冷笑道：「我想死了。我情願死，也不願再看你們這群餓狗的嘴臉。」

楊凡也不生氣，淡淡的笑道：「餓狗至少總比死狗好。」

柳風骨忽又道：「你會的武功很雜，不知道有沒有學過少林派的拳法？」

楊凡笑道：「練武的人，沒練過少林拳法的，只怕還不多。」

少林拳的確太普遍，只不過練少林拳的人雖多，能得到其中精髓的，加起來也許還不到十個。

柳風骨道：「你既然練過少林拳，這件事就交給你了。」

楊凡道：「哪件事？」

柳風骨道：「最後一件事。」

他微笑著，接道：「你只要用少林拳在秦大俠的玄機穴重重一擊，再用秦大俠的刀，刺在無色大師的咽喉裡，我自然會找人將他們送到嵩山去。」

張好兒搶著道：「我明白了，你要叫少林寺的人，以爲他們是在決戰之下，同歸於盡的。」

王大娘笑道：「這麼樣一來，秦歌雖然殺了無色大師，但無色大師總算也替他師弟報了仇，這件公案到此就算結束了。」

張好兒笑道：「我們這計劃，也就完全大功告成，只等著喝喜酒了。」

柳風骨悠然笑道：「所以我說這是最後一件事，也是最容易的一件事。」

楊凡忽然搖了搖頭，道：「你們全都錯了。」

柳風骨皺了皺眉，道：「怎麼錯了？」

楊凡道：「以我看，這才是最困難的一件事。」

張好兒道：「爲什麼困難？現在要殺他們，只不過是舉手之勞而已。」

楊凡淡淡的笑了笑，道：「你若認爲很容易，你爲何不去殺他們？」

張好兒眨了眨眼，道：「你若不肯動手，我動手也沒關係。」

她揚起了一雙春蔥般的玉手，吃吃的笑道：「你莫以爲我這雙手只會摸男人的臉，有時候它也會變得很硬很硬的，硬得叫你吃不消。」

楊凡道：「哦？」

張好兒道：「你不信？」

她忽然從懷裡拿出鐵護手，戴在她那柔若無骨的玉手上，嫣然道：「現在你信不信？你要不要試試？」

楊凡笑道：「既然已經有人試，我又何必搶人家的生意？」

張笑兒笑道：「你總算不笨。」

柳風骨已沉下了臉，忽然道：「慢著。」

張好兒道：「你別瞧不起我，少林派的拳法，我也練過的，不信你就看這一招伏虎揚威。」

她忽然竄到秦歌面前，沉腰坐馬，「呼」的一拳擊出！

這一拳果然很有少林拳的架子，也很夠力。

可是這一拳並沒有打到秦歌身上。

她的手突然被秦歌捉住！

看來已軟得就像一灘泥般的秦歌，竟忽然間又變得硬了起來。

他的手硬得就像是一道鐵匣。

張好兒用盡力量，也掙不脫他的手，突又飛起了一腳。

她的腳也被捉住。

她臉上已變得慘無人色。

楊凡這才嘆了口氣，淡淡道：「我說這才是最困難的事，現在你們總該相信了吧。」

柳風骨冷冷看著他，臉上一點表情也沒有。

田思思也在看著，並且已看呆了。

她實在弄不清這究竟是怎麼回事。

只聽一人厲聲道：「你殺的是名士高僧，英雄美人，我殺的是佞臣逆子，無恥小人，今日我就爲你這小人開一開殺戒！」

無色大師。

忽然間，無色大師竟也從棺材裡站了起來。

他身材雖枯瘦矮小，但寶相莊嚴，看起來就像是個十丈高的巨人。

王大娘也已面色慘變，忽然轉身，就想往外面衝出去。

秦歌一手提著張好兒的腕子，一手提著她的腳，忽然將她提起來一掄。

張好兒的人就飛了起來，撲到王大娘身上，兩個人就一起撲倒在地。

秦歌笑道：「這就對了，你們本是好姐妹，誰也不能拋下誰走的。」

王大娘掙扎著，轉過身，忽然張開嘴，重重的一口咬住了張好兒的耳朵。

張好兒慘呼一聲，扼住了她的咽喉。

王大娘曲起腿，用膝蓋猛撞張好兒的小肚子。

她們就是這種人。

能夠彼此利用的時候，她們就是好姐妹，到了大難臨頭時，她們就變成了瘋狗，你不咬我，我也要咬你。

她們就是這種不是人的人。

柳風骨突然走過去，一把拉住了張好兒，正正反反給了她十幾個耳刮子，再拉起王大娘，也給了她十幾個耳刮子。

兩個人被打得滿臉是血，連動都不敢動。

柳風骨這才轉過身，淡淡一笑，道：「這種女人就不知羞恥爲何物，在下本不該要她們參與大事的，倒讓三位見笑了。」

到這種時候，他居然還能沉得住氣。

秦歌長長嘆息了一聲，道：「看來一個人要做大俠真不容易，不但要心黑手辣，臉皮也得比別人厚些才行。」

楊凡微笑道：「但大俠也並不是全都像這樣子的，像他這樣子的大俠，世上還沒有幾個。」

柳風骨道：「像閣下這樣的好朋友，世上只怕不多。」

楊凡笑道：「的確不多。」

柳風骨也長長嘆息了一聲，道：「現在我才知道，交朋友的確是件不太容易的事。」

楊凡道：「有些事其實你本來早就該想到的。」

柳風骨道：「哦？」

楊凡道：「你難道還不明白我的意思？」

柳風骨道：「我很想明白！」

楊凡道：「你這裡防守得很好，裡裡外外至少有三十六道暗卡，無論誰只要走近這裡周圍百丈之內，你立刻就知道。」

柳風骨道：「你只算錯了一點，這裡的暗卡一共有四十九道。」

楊凡道：「所以無論誰要找你算帳，還沒有走進這裡，你早已遠走高飛。」

柳風骨道：「要找到我的確不容易。」

楊凡道：「何況，就算能找到你，也未必能抓住你害人的證據，你當然絕不會承認多事和尚是死在你手上的。」

柳風骨道：「所以你只有用這法子，才能將他們帶到這裡來？」

楊凡道：「我讓田思思一個人先進來，爲的就是要你認爲已可以放手對付她，我絕不能讓你對這件事起一點點疑心。」

柳風骨道：「所以你就連她也一起瞞住？」

楊凡道：「因爲她不是個會說謊的人，若已知道這秘密，一定會被你看出破綻的。」

柳風骨輕輕嘆息，道：「但若換了我，我就捨不得讓她這樣子害怕擔心，看來你實在一點也不懂得憐香惜玉。」

楊凡道：「但我卻懂得怎麼叫一個不老實的人說實話。」

柳風骨道：「哦？」

楊凡道：「我只有用這法子，才能叫你在無色大師面前說實話。因爲這件事的確已死無對證，你若不親口招認，就根本沒法子洗清秦歌的罪名。」

柳風骨慢慢的點了點頭，道：「你做得很好，的確做得太好了。」

楊凡笑道：「你是不是也很佩服我？」

柳風骨道：「我一直都很看得起你，一直都將你當我的好朋友看待，想不到你……」

他長長嘆息了一聲，臉上的表情好像痛苦得要命，好像痛苦得連話都說不下去。

楊凡卻又笑了笑，道：「你真的一直將我當朋友？」

柳風骨道：「你自己難道不明白？」
楊凡道：「我當然明白，而且太明白了，不明白的是你。」
柳風骨道：「哦？」
楊凡道：「你知不知道我爲什麼要去找你？」
柳風骨道：「我只知道自從那一天開始，我就跟你交上了朋友，是你要來對付我，我從來就沒有想到要對付你。」
楊凡道：「所以你還是不明白。」
柳風骨道：「不明白什麼？」
楊凡道：「是你先想要對付我，所以我才會去找你。」
柳風骨道：「我幾時對付過你？」
楊凡道：「很久以前。」
他不讓柳風骨開口，接著又道：「我問你，你一心想田家的財產，爲的是什麼？」
柳風骨道：「因爲我需要錢。」
楊凡道：「你爲什麼忽然急著要錢？」
柳風骨道：「因爲我要做一件大事，做大事總是需要錢的。」
楊凡道：「這件大事是什麼事？」

柳風骨目光閃動，沉吟著道：「這件事難道你已經知道了？」

楊凡笑了笑，道：「我只知道江湖中最近又出現了一個叫『七海』的秘密組織。」

柳風骨道：「你還知道什麼？」

楊凡道：「我也知道這組織爲的是要對付『山流』的，因爲這組織的老大，在暗中做了很多見不得人的生意，都被山流破壞了。」

他笑了笑，又道：「我當然也知道這組織的老大就是你。」

柳風骨的臉色好像有點變了，瞪著他看了很久，才一字字道：「這件事和你又有什麼關係？」

楊凡道：「不但有關係，而且關係很大。」

柳風骨道：「你……你難道也是『山流』的人？」

秦歌忽然也笑了，接著道：「若沒有他，又怎會有山流？」

柳風骨就好像突然被人抽了一鞭子，過了很久，才能說得出話來。

他長嘆了一聲，苦笑道：「我一直猜不出山流的龍頭大哥是誰，一直想找到他，想不到這個人每天都跟我見面的。」

楊凡微笑道：「你若真的將我當朋友，爲什麼不要我參加你的組織？」

柳風骨道：「因爲……」

楊凡打斷了他的話，道：「你若沒法子說出口，我可以替你說，那只不過因爲你利用我做過這件事之後，就不會讓我再活著的。」他淡淡的接著下去道：「像七海這種嚴密的組織，當然不需要一個已經快死的人。」

柳風骨道：「至少我要你做的，並不是壞事，你並沒有吃虧。」

楊凡道：「哦？」

柳風骨道：「我要你表演英雄救美人，又給你這樣的美人做老婆，像這麼好的事，有很多人都願意搶著來做的。」

楊凡道：「但你卻絕不會去找別人。」

柳風骨道：「不錯，就因爲我看得起你，拿你當朋友，所以才沒有去找別人。」

楊凡道：「不是這原因。」

柳風骨道：「不是？」

楊凡道：「你找我，只不過因爲沒有人比我長得更像楊凡，你早就想找這麼樣一個人了。」

柳風骨道：「爲什麼？」

楊凡道：「因爲你想要我冒充楊凡，去田家騙婚。」

柳風骨道：「我不怕被人揭穿？」

楊凡道：「沒有人能揭穿，楊三爺眼已失明，耳已失聰，只因他壯年時結怨不少，生怕仇家找上門，所以這件事江湖中極少有人知道。」

柳風骨沉吟著，道：「但前幾天還有人看到他。」

楊凡道：「那只不過是楊三爺自己用的替身。」

柳風骨道：「替身？」

楊凡道：「就因爲楊三爺不願江湖中人知道他已殘廢失明，所以自己找了個替身，每年替他到江湖中來走動一兩次。」

柳風骨道：「這替身難道也分不清楊凡的真假？」

楊凡道：「他根本也很少能見到楊凡的面。」

柳風骨道：「田二爺呢？」

楊凡道：「田二爺近幾年來，根本就沒有見到過楊凡。」

柳風骨道：「真的楊凡若回來了呢？」

楊凡道：「他失蹤已有三四年，有人說他已做了和尙，也有人說他已經死了，你算準了他絕不會忽然出現的。」

柳風骨道：「他的朋友呢？」

楊凡道：「他脾氣本就有點古怪，本就很少和人接近，接近他的人，脾氣大多比他更古怪，你當然也算準這些人不會去喝酒的。」

他笑了笑，又道：「何況，就算楊凡和他的朋友忽然出現，你也一定有法子對付他們，叫他們永遠沒法子露面。」

柳風骨沉默著，似已默認。

楊凡又道：「這件事本來已計劃得很好，誰知事情忽又有了變化。」

柳風骨道：「什麼變化？」

楊凡道：「變化就發生在田二爺身上。」

柳風骨皺了皺眉，道：「你知道他已經死了？」

楊凡道：「我本已有些懷疑，直到今天晚上，才完全證實。」

柳風骨道：「怎麼證實的？」

楊凡笑了笑，道：「你莫非已忘記王大娘還有個比男人更豪爽灑脫的妹妹？」

柳風骨道：「你已見過她？」

楊凡點了點頭，道：「這消息你一直都瞞著我，就因爲田二爺既已去世，你已用不著我，已準備一腳把我踢開。」

柳風骨看著他，又沉默了很久，才長長嘆了口氣，道：「如此複雜的事，想不到你居然知道得這麼清楚。」

楊凡道：「我的確知道得很清楚。」

柳風骨道：「有些事你本來絕不該知道的。」

楊凡道：「你想不出我怎會知道的？」

柳風骨苦笑道：「我實在想不出。」

楊凡又笑了笑，道：「那只不過因爲你還有一件事不明白，這件事才是最大的關鍵。」

柳風骨道：「哪件事？」

楊凡悠然道：「楊凡本來就是我，我本來就是楊凡。」

他微笑著接道：「你當然絕對想不到，這假楊凡就是真楊凡。」

柳風骨這才真的怔住。

楊凡道：「這幾年來我忽然失蹤，既沒有做和尙，也沒有死，只不過因爲山流有很多事要做，所以我才一直沒有在江湖中露面。」

柳風骨臉色蒼白，再也說不出話來。

楊凡回頭向秦歌笑了笑，道：「這件事實在很複雜，連你也許直到現在才明白。」

秦歌嘆了口氣，苦笑道：「說老實話，我直到現在還是不太明白。」

楊凡道：「我豈非已將每個細節都說出來了麼？」

秦歌道：「你雖然說出來了，我卻沒法子記得住。」

他看著楊凡的頭，忽又笑道：「我又沒有你這麼大的腦袋，怎麼能記得住這麼多亂七八糟的頭緒？」

楊凡也笑了，道：「其實你只要仔細的再想一遍，就會發覺這件事非但一點也不亂七八糟，而且很合理。」

秦歌道：「很合理？」

楊凡道：「這件事的頭緒雖多，但結局卻只有一種，而且是早已註定了的。」

秦歌道：「早已註定要有什麼樣的結局？」

楊凡並沒有直接回答這句話，卻又轉頭看看柳風骨。道：「無論誰都不會無緣無故去買口棺材，是不是？」

柳風骨點點頭。

他也不能不承認，若沒有死人，誰也不會去買口棺材。

楊凡道：「你並不知道無色大師和秦歌會到這裡來。」

柳風骨道：「我不知道。」

楊凡道：「所以這口棺材，你本來是爲我準備的，是不是？」

柳風骨道：「這口棺材並不壞。」

楊凡道：「有了死人，就不能沒有棺材；有了棺材，也不能沒有死人。」

柳風骨看著秦歌，又看了看無色大師，終於慢慢的點了點頭，道：「你的意思現在我總算已完全明白了。」

楊凡道：「所以現在我也不必再說什麼……也許有一句話。」

柳風骨道：「哪句話？」

楊凡道：「請君入棺。」

卅四　大人物

一

「柳風骨已死了多久？」

「九個月。」

「九個月並不長，有時好像一眨眼就過去了，但這九個月卻真長。」

「那只因你心裡還是很悶。」

「我總覺得若不是我太荒唐，爹爹就不會死得那麼快的！」

「現在你已經長大了，爲什麼還會有這種小孩子的想法？」

「你叫我怎麼想？」

「你並沒有對不起別人，也沒有對不起自己，這就已夠了。」

「可是我……」

「你應該出去走走，多看看，多聽聽，你心胸就會變得開朗起來的。」

「你要我到哪裡去？」

「江南——你豈非就想到江南去？」

二

江南。

江南春濃。

長堤翠柳，水綠如藍。

田思思挽著楊凡的手，漫步在長堤上。

秦歌和田心走在他們前面，鮮紅的絲巾在春風中飛揚。

飛揚著的紅絲巾，輕拂著田心的臉。

田思思忽然笑了笑，道：「這小鬼終於長大了，我本來幾乎以爲她永遠都長不大的。」

楊凡微笑著道：「你也長大了，我本來也幾乎以爲你永遠都長不大的。」

只有經過憂患的人，才會真正懂得生命的意義，才會真正長大。

田思思的確長大了。

她看來更沉靜，也更美。

楊凡似在沉思著，慢慢的說道：「田心實在是個很忠實的朋友，爲了你，她什麼事都肯做，若不是她肯冒險，柳風骨也許還不會那麼容易上當。」

田思思道：「那次她的確連我都騙過了。」

楊凡道：「我一直覺得，我們應該想個法子謝謝她。」

田思思道：「你說什麼法子呢？」

楊凡看著那飛揚的紅絲巾，微笑著道：「我們不如就送她一條紅絲巾吧。」

田思思也笑了，笑得真甜。

只有生活在感情與幸福中的女人，才能笑得這麼甜。

長堤外，紅男綠女，成雙成對。

春天本就是屬於情人們的。

現在正是春天。

田思思滿面春風，心裡甜甜的，看著這些人，只希望每個人都和她同樣幸福，同樣快樂。

忽然間，也不知是誰在呼喊：「岳大俠也來遊湖了，就是威震天下的岳環山岳大俠。」

人群立刻向湖岸上湧了過去，成名的英雄本就是人人都想看一看的。

楊凡忽又笑道：「你是不是也想去看看？」

田思思眨眨眼，道：「看誰？」

楊凡道：「岳環山，他本來豈非也是你心目中的大人物？」

田思思道：「但現在我卻不想看他了！」

楊凡道：「爲什麼？」

田思思抬起眼，凝視著他，眼波溫柔如春水，輕輕道：「因爲我已找到了一個真正的大人物，在我心裡，天下已沒有比他更偉大的大人物。」

楊凡也故意眨了眨眼，道：「這個人是誰？」

田思思嫣然一笑，附在他耳旁，輕輕道：「就是你，你這個大頭鬼。」

《大人物》全書完

【附錄】

古龍的自我淬煉與關懷需求

翁文信

互為主體的友情關懷

對於武俠小說中的男性友誼，古龍自己把它視爲「義」的一部分，他曾在〈關於武俠〉中說：

「俠」和「義」本來是分不開的，只可惜有些人將「武」寫得太多，「俠義」卻寫得太少。男人間那種肝膽相照、至死與共的義氣，有時甚至比愛情更偉大，更感人！

……

李尋歡對阿飛也是一樣的，他對阿飛只有付出，從不想回收什麼。愛情是美麗的，美麗如玫瑰，但卻有刺。

「世上唯一無刺的玫瑰就是友情！」

愛情雖然比友情強烈，但友情卻更持久，更不計條件，不問代價。

古龍在此將「義」專屬於男人之間的義氣，把份所當爲、適當合宜的行徑的「義」，窄化到男性俠客們的相知相惜，適巧曝露了他父權的心態。因爲在這樣的觀念裏，「義」不再是人人都能奉行的規範，而是專屬於男性之間的互動，換言之，義與不義是由男性來決定的，女人是無由置喙的。這是典型的男性同盟的作風，把社會規範的制定權與解釋權掌握在男性手中，並在歧視、貶抑女性的共同利益基礎下，建立父權社會裏的男性同盟關係。這種關係，經常就被美化爲義氣，表現出一種妻如衣服、友如手足的強烈對比。

然而，即使暫時撇開女性的因素，僅就男人與男人之間的交往互動而言，在這同性之間的友情就真能無刺嗎？恐怕友情跟愛情一樣也是帶刺的，若要無刺，除非彼此保持距離，特別是心靈上的距離。

古龍武俠小說中的確充斥著大量友情的歌頌與描寫，但他筆下的友情有一個特色，就是幾乎從不交心，表現出一種僅限於際遇相逢片刻的相知相惜，一種「醒時同交歡，醉後各分離」的無常與脆弱。即便是在《歡樂英雄》這個眾所皆知的友情之作中，古龍藉著王動、郭大路、林太平這幾個人的共居相處，表現出濃厚的同歡之情，可事實上，他們這幾個人之間卻是誰也不問誰的來歷，誰也不跟誰講自己內心的痛苦。他們只分享歡樂，只跟對方講暢快的事。

這種奇特的論交方式，不僅《歡樂英雄》如此，可說遍及古龍大部分的武俠小說情節之中。朋友之間不問來歷、不談過去更不互吐心事，有時甚至連勸朋友少喝一杯都是不適當的：

李尋歡忽然笑道：「你可知道我為什麼喜歡你這朋友？」

阿飛沉默著，李尋歡笑道：「只因為你是我朋友中，看到我咳嗽，卻沒有勸我戒酒的第一個人。」

阿飛道：「咳嗽是不是不能喝酒？」

李尋歡道：「本來連碰都不能碰的。」

李尋歡不僅不讓阿飛勸阻他喝酒，也不問阿飛的過去，甚至就連以友情爲焦點的《歡樂英雄》裏，朋友之間也是不問過去的：

你只要說起富貴山莊，江湖中人就明白你說的是一個很奇妙的團體——一棟房子和四個人，他們之間所產生的那種親切、快樂和博愛的故事，還有他們四個人那種偉大而奇妙的友情。

這些朋友之間彷彿有種很奇怪的默契，那就是他們從不問別人的往事，也從不將自己的往事對別人說起。

古龍不斷在小說中強調的無私的、沒有任何條件設定的友情，其建立的基礎其實非常薄弱，只是一種俠客與俠客在際遇相逢的當下，直覺式、主觀式地彼此相知、相惜，畢竟連彼此的過去都不知曉，也不談內心悲苦不交流情感，那麼所謂的相知相惜，恐怕就只能落在生命氣質直覺的相吸引了。所以，這種友情關係較之傳統講究義結金蘭、情同手足的男性友誼，一方面強調了他歡樂的、絕對的面向，另一方面也曝露出相當程度的疏離與孤寂。因爲在俠客心目中最重要的朋友面前，俠客都還是不能吐露心事，甚至有時還得強顏歡笑，那種歡樂中的寂寞，更顯出自我的孤獨是連友情也無法真正撫慰的。只有把酒言歡時那片刻的氣氛能夠稍稍除魔似地掃除寂寞的感受，但也只是片刻，醉後各分離時，隨著再次回到孤獨狀態，自我的寂寞將顯得更加強烈。所以古龍筆下經常描寫好友們拚酒歡宴的場景，同時也經常在歡樂過程刻意去呈現一種悲涼孤寂的心境。

所以，筆者以爲古龍筆下的男性友情雖被著墨甚多，但卻相當反諷地表達出一種友情也不能撫慰的自我孤寂。誠如歐陽瑩之女士在〈泛論古龍的武俠小說〉中對古龍俠客的孤獨自我的說明：

我需要孤獨，因為我的人格只有我自己才能建立，因為我的生命的極峰只有一個人可以攀登——這是古龍小說主題之一，他的主角不斷流浪，不斷反省，不斷超越自己，就像一把劍，在苦難中磨煉，在鮮血中成長。

然而，古龍的世界雖然蒼涼，卻絕不冷酷，因為這世界裏有朋友。

古龍的人物雖然孤寂，但並非與別人絕緣，他們的孤寂正是真摯友情的基礎。……

有些人不能忍受寂寞，因為他受不了自己，他的人生價值，來自別人的讚許，這些人當然群結依偎，互相標榜。

古龍寫的絕不是這等朋黨，他寫的是摯友——他們性足，他們自雄，他們能忍受孤獨，他們的友情是內心發出的陽光，除了使他們心靈溝通外，沒有任何其他目的或要求。

誠如上述，古龍筆下的俠客需要朋友更需要孤獨，所以在《歡樂英雄》中郭大路寧可被誤會也不願說出自己的秘密，古龍如此描寫他的心境：「他咬緊牙，悄悄擦乾眼淚，站起來，外面的世界無論多冷酷無情，他都已準備獨自去承受。他做錯了事，就自己承擔，既不肯解釋，也不肯告饒。就算在朋友面前也不肯。可是上天知道，他實在將朋友看得比自己生命還要重要。」即使朋友重於生命，卻還有重於朋友之物，那就是孤獨帶給俠客的自我淬煉。

透過孤獨的試煉來建立自我的人格，這的確是古龍筆下俠客以自我爲中心的表現特徵，而如此孤獨的自我也的確需要友情的安慰，所以古龍喜歡寫男性之間兩肋插刀、奮不顧身的友情，並且經常用強烈的、說教式的話語歌頌友情。然而，即使對友情有這麼多的讚美，友情能否真正進入、滋潤如此孤獨的自我中心的世界，證諸小說情節，其實還是相當令人懷疑的，畢竟不瞭解彼此的過去與內心的友情，基礎總是相當脆弱。其實，在古龍筆下雖然寫了許多歌頌友情的話語，卻也同時真實地呈現了許多朋友間互相背叛的情形與痛苦。像在《劍·花·煙雨江南》中，小雷信賴來路不明的好友金川，並將情人纖纖託付與他，最後得到卻是金川意圖染指纖纖這樣的背叛。同樣地在《流星·蝴蝶·劍》中，背叛孫玉伯的也正是他的好友陸漫天，而一起背叛孫玉伯的律香川最後又被自己所信任的一個少年好友背叛，古龍在這兒看似大快人心其實隱含悲憫描述：

律香川咬牙道：「你……你這畜牲，我拿你當朋友，你卻出賣了我。」

少年淡淡道：「這種事我是跟你學的，你可以出賣老伯，我為什麼不能出賣你？」

……

他終於嘗到了被朋友出賣的滋味。

他終於嘗到了死的滋味。

死也許並不很痛苦，但被朋友所出賣的痛苦，卻是任何人都不能忍受的！

爲什麼古龍在極力歌頌友情之際，仍不免要「如實」地描寫男人之間的背叛與彼此傷害呢？那是因爲在父權社會裏（武俠小說的江湖世界實在是父權社會的極致表現，導致武俠小說甚至成為一種性別的文類），男性之間的關係除了共同歧視女性的同盟友情外（或者古龍筆下的直覺式的相知相惜），還存在著強烈的競爭關係。這種競爭關係讓男性友情即使沒有女人的介入，也很容易因爲權力、財富的爭奪而彼此撕裂。亞當·朱克思（Adam Jukes）在《爲何男人憎恨女人》中，曾分析男性之間的關係：

男性心理的重重限制使得男人無法與女人達成真正的親密，我們或許會因此期望男人能夠藉由同性的情誼，舒解自身存在的孤獨。結果呢？……這種關係看來是建立在彼此的戒懼、侵略、暴力與競爭之上？誰是男人中的男人？這個問題似乎是主導了男性關係的運作。

……大多數的男人就算想和別的男人建立親密關係，也找不到範例可依循。男性角色學習的歷程強調侵略、競爭等富「男子漢」氣息的行為，而不是強調可以促進彼此信任與親密的價值觀。

遊走江湖世界的俠客好漢，個個都是頂天立地富有「男子漢」氣息的英雄人物，他們之間原就充滿了競爭關係，這從武俠小說中充滿了武林大會的盟主之爭，或是意氣之爭的生死決鬥就可以看得出來。除了爭天下第一的俠名外，俠客們一樣也還在兩性關係上產生競爭。在古龍筆下，好友之間因喜歡上同一個女性而產生競爭關係的例子比比皆是，例如楚留香與胡鐵花，曾因琵琶公主而競爭；沈浪與熊貓兒曾因朱七七而競爭；葉開與傅紅雪之間更曾因馬芳鈴而產生決鬥一觸即發的緊張狀態。這種無所不在的競爭關係讓男性之間的友誼充滿了不穩定性，古龍也很明白這個致命傷害，所以他刻意淡化這種競爭關係。他筆下的俠客不爭天下第一的頭銜，也很少搞出武林大會的擂台賽，對於女人更是刻意看得很淡，就算心愛的女子被朋友搶走也故作瀟脫裝出無所謂的模樣。最極端的情況就是李尋歡將自己心愛的女子林詩音送給好朋友龍嘯雲爲妻的例子。

但無論古龍如何歌頌友情、如何淡化競爭，俠客與俠客之間命定存在的緊張關係還是不可免除。這種緊張關係阻礙了古龍筆下的男俠彼此之間吐露心事（**談心像是女人才做的事，而男子漢應當避免一切陰性氣質嫌疑的行為**）。暴露了男俠之間的同盟關係的脆弱（**一旦處在對立面就只能爭個你死我活**），更反襯出江湖中的男人是何其孤獨與寂寞了。所以古龍筆下在處理男性友誼時經常顯得那麼刻意、那麼突兀又那麼特異，所有的造做，只因那種男人之間真正的親密關係對於古龍筆下的男俠們而言，恐怕是永難企及的。

其實，古龍並非不瞭解同性競爭會造成男人間友誼關係的破壞，所以他才在小說中描寫了許多朋友間背叛的情節。我們甚至可以推想，古龍也知道朋友間只有酒肉交歡而沒有分享心事顯得有些淺薄，然而他卻仍樂此不疲地描繪了許多男性朋友歡宴拚酒的場景，表示出一種陶醉不已的心態，似也傳達出一種他對朋友間的交心所抱持的疑懼心理。事實上，朋友間不論是提及彼此的過往，或是吐露心事情緒，這種互動方式都隱藏著一種不被認同的危險。因爲彼此來自不同的成長環境，抱持著不同的價值判斷的朋友們，冒然互相吐露心事，萬一得不到對方認同的話，反而會招致無謂的傷害與痛苦。若從這個角度去理解古龍筆下的俠客友情，或許可以得到更爲深入的體會，即古龍追求的是一種超越競爭、互爲主體的友情關係。

從古龍一邊描寫朋友的背叛一邊卻繼續歌頌友情，便可瞭解他渴望友情能夠超越同性競爭，即使他知道那同性競爭是如此根深柢固，但唯其如此，他對此一超越的渴望就愈形強烈。從古龍總是描寫俠客們交歡而不交心的酒宴場景，可以感受到古龍陶醉於歡宴之時，朋友互爲主體卻又融洽合一的狀態。在那種愉快的氣氛中，男人們忘卻了彼此之間的競爭關係，也不必擔心會有交心而不被認同的挫敗。他們陶醉在笑談中、微醺裏，像一群大男孩般嬉鬧著，也同時彼此撫慰著。這樣的友情既特別又必要，因爲對古龍筆下孤獨的俠客而言，無私的、超越的、絕對的友情已是寂寞自我可以得到慰藉、能夠安身立命的唯一情感支柱了。這種友情或許與一般人們對友情的期許不盡相同，但卻有其迷人之處，因爲這樣的朋友相處方式所能留下的都是歡樂的記憶（**不論是互相酒肉歡宴的撫慰取悅，還是彼此義無反顧地兩肋插刀**），而歡樂的記憶總是人們所喜愛與津津樂道的，這一點似也與古龍一生的朋友交往的情形相彷彿，古龍去世後，朋友們想起的總是與他相處時的歡樂氣息。

最後，針對古龍筆下男性友情關係，整理出幾種常見類型，略加說明。大抵上，古龍小說中常見的友情關係，約可劃分爲三種類型：

第一種是亦師亦徒，如父如子：這一類型的朋友關係，經常是由一位年長的名俠帶領、幫助另一位年輕的少俠組合而成。如丁喜、小馬是一對；李尋歡、阿飛是一對；葉開、傅紅雪是一對。在這種朋友關係中，二人的關係時而親密時而疏遠，相互地位並不對等。

第二種是英雄相惜，化敵爲友：這一類型的朋友關係通常是發生在二位實力相當、立場敵對的俠客之中。如李尋歡與郭嵩陽是一對；沈浪與金無望是一對；楚留香與一點紅是一對。在這種化敵爲友的關係中，彼此的敬重遠勝過朋友該有的親密。

第三種是意氣相投，彼此關照：這一類型的朋友關係最接近現實世界的交友情況，朋友數量有時二人有時成群並無定數。如郭大路與王動、林太平；楚留香與胡鐵花、姬冰雁。在這種平實的朋友關係中，才能見到男人與男人之間的親密互動。

又愛又恨的情欲焦慮

作爲中國主流通俗小說的一環，武俠小說充滿了性別特徵，使它在一定程度上成爲只爲某一性別服務的性別文類。范銘儒女士曾在〈武俠小說——一種性別的文類〉中指出：

武俠小說長期壟斷在男性作家筆下，使得武林世界中充斥著以男性為中心的意識型態。當我們企圖打破傳統學院中僵化的高雅／通俗文學的二元對立觀，重新評估定位武俠小說的價值時，我們也應當一併檢視武俠論述中呈現的二元對立論。例如，除強調男女強弱外，文本內一再暗示漢族與邊疆民族的優劣以及中國對藩屬的宗主權。

二元對立的思維在武俠小說的江湖世界中比比皆是，甚至可以說二元對立是武俠小說情節推衍的基礎。沒有官府世界的對立，就沒有江湖世界的成立；沒有強梁惡虜的欺凌，就沒有仗劍俠客的拯救。而在這裏，筆者要特別檢視古龍武俠小說中性別二元的對立關係，這種對立關係是強烈的，而且表現在多方面的，包括女性形象、兩性關係等，而其中，男女情欲的處理應是足以作爲檢視的核心。在此擬由古龍武俠小說中的女性形象談起，聚焦在情欲關係帶給俠客們的自我焦慮所展現的父權意識。

古龍筆下的女性形象變化頗多，筆者大抵將之區別爲四大類別57：

《多情劍客無情劍》中的林詩音、《蕭十一郎》中的沈璧君爲一類，這一類女性的特徵是閨秀典麗，與浪子性格的俠客形成強烈對比。

《多情劍客無情劍》中的林仙兒、《蕭十一郎》中的小公子為一類，這一類女性的特徵是性感毒辣，對行走江湖的俠客帶來嚴重威脅。

《蕭十一郎》中的風四娘、《陸小鳳傳奇》中的老闆娘為一類，這一類女性的特徵是徐娘半老、善解人意，予浪子俠客以母性慰藉。

《武林外史》中的朱七七、《大人物》中的田思思為一類，這一類女性的特徵是小家碧玉、善良刁蠻，為孤獨寂寞的俠客帶來歡樂與煩惱。

不同的女性典型與俠客之間產生的關係也大為不同。古龍筆下的俠客總是愛慕第一類型閨秀典麗的女子，可是得到的回應往往是痛苦與傷害，結局也經常是悲涼的，所以李尋歡與林詩音、蕭十一郎與沈璧君始終沒有結為連理。對於第二種類型性感毒辣的女子，主角俠客總是頗能抗拒誘惑卻也因此引來怨懟與殺機，不論是林仙兒還是小公子，對李尋歡跟蕭十一郎總是又愛又恨，因為她們無法成功誘惑這樣的男人，羞愧生恨衍出殺心。至於第三種類型的女子，俠客跟她們之間總是保持著純粹的朋友關係，所以蕭十一郎不會跟風四娘上床，陸小鳳更不會與老闆娘發生性關係，其中的母性形象與安慰至為明顯。最後一類碧玉刁蠻型的少女，雖然因為任性、幼稚而常為俠客帶來煩惱，但也為俠客帶來無比的歡樂，同時滿足了俠客藉由保護管束這類女子所帶來的父權心態，所以在古龍的武俠小說中，通常反而是這一類女子得以和俠客白首終老。

必須特別注意的是，就如同俠客形象無法以三種基本類型來圈限，古龍筆下的女性也往往有逸出上述四種基本典型的特出人物。譬如《武林外史》中的白飛飛，或者《流星・蝴蝶・劍》裏的高老大，她們都是善惡兼具、亦正亦邪的人物典型。這類女性形象顯示古龍對於女性的觀察同樣細膩而獨到，從古龍對這些女性形象的刻劃中，我們可以發現古龍筆下的女性形象的善惡表現，深受其所處環境的影響。高老大自幼孤貧，爲了撫養所收留的孤兒，經常不惜出賣肉身以換取食物。白飛飛亦不遑多讓，她承受上一代的恩怨，從小便在仇恨與幽怨中長大。像這樣的女性，她們的爲善爲惡都深受環境的影響。古龍此一描寫，無疑也曝露了父權社會中，女性缺乏獨立自主的機會與能力，一生命運極易受環境擺脫的真實境況。

古龍曾在〈關於武俠〉中自述他對自己小說中的女性人物的創造設想：

> 我總認為女人也有爭取自己幸福的權利。……
>
> 《鐵膽大俠魂》中的孫小虹，《絕代雙驕》裏的蘇櫻，《大人物》中的田思思……就都是在這種觀念下寫成的。
>
> 她們敢愛，也敢恨，敢去爭取自己的幸福，但她們的本性，並沒有失去女性的溫柔和嫵媚，她們仍然還是個女人。……
>
> 在很小的時候，我就不喜歡看那種將女人寫得比男人還要厲害的武俠小說。……

這並不是因為我看不起女人——我從來也不敢看不起女人，英雄如楚之霸王項羽，在虞姬面前也服貼得很。

但虞姬若也像項羽那樣，叱吒風雲，躍馬橫槍於千軍萬馬之中，那麼她就不是個可愛的女人了。

女人可以令人降服的，應該是她的智慧、體貼和溫柔，絕不該是她的刀劍。

我尊敬聰明溫柔的女人，就和我尊敬正直俠義的男人一樣。

女人是否就該溫柔、男人是否就必陽剛？兩性氣質的認定究竟有多少是出於生物本能還是文化養成？依女性主義與人類學研究的成果，兩性氣質即使不能遽然論斷爲文化養成，但卻已確知可以透過文化養成來造就型塑兩性氣質。而父權社會中的文化養成自是充滿著父權意識作崇其中的。因此，溫柔此一氣質之於女性，恐怕是父權社會的文化養成加諸在女性身上而來，未必是每一位女性生物本能的展現。古龍在此強調女性應當溫柔，其實正不自覺地流露出父權意識對女性氣質的界定。

此外，古龍這一段自我坦白，也可以對照看出其小說中，對待女性的矛盾與反覆。

孫小虹、田思思爭取自己的幸福被認同，但那是建立於小鳥依人在男性俠客身旁的基礎上，如果是像林仙兒、小公子那樣的女人呢？她們也努力爭取自己的幸福，但只因懂得利用情欲控制男人、竊奪權力，就不為古龍所接受了。至於所謂不喜歡把女人寫得比男人還要厲害的小說，卻可以在古龍自己筆下找到許多反證，像石觀音、水母陰姬、王夫人……這些女人厲害的程度實在已讓小說中的男性人物相形見拙了，所以，古龍筆下並非不寫比男人更厲害的女人，而只是不讓他的俠客輕易被這些女魔頭征服，就如同他們不會輕易魅惑於林仙兒、小公子的性感軀體。

雖然古龍說他尊敬聰明溫柔的女人，但卻僅止於「尊敬」，就好像對待風四娘、老闆娘一樣，永遠保持敬愛之心，卻不會與她們發生情慾關係。說到底，聰明溫柔的女人還是不如孩子般淘氣刁蠻的年輕女孩，只要這女孩總是戀著男人，只要這女孩最後願意服從於男人的保護與管束。女孩的年輕在某種程度也更容易滿足這些俠客的父權心態。

更等而下之的，古龍還經常在小說中將女人比作馬、比作酒、比作食物，嚴重將女人物化。這樣的女性形象的描述，確實令人不敢恭維。

其實，從古龍自己的言談中去理解他筆下的女性與情慾是很容易被誤導的，因為古龍在小說中也經常針對女性形象與兩性關係大發議論，甚至遠超過對友情的讚頌，可是他的這些話語充滿了自相矛盾、夾纏不清，簡直如夢中囈語般，只是外顯出他面對女性與情慾時的內在焦慮罷了。關於這些議論留待下一章節討論，在此，筆者以為還是回到情節脈絡中去分析探索，方能釐清古龍筆下的武俠世界是如何去處理女性、情慾及與男性自我之間的關係。而在古龍眾多作品中，筆者以為《多情劍客無情劍》允為分析其兩性情欲關係與背後父權意識的最適當的範例，特別是小說經常賦加在林仙兒身上的性虐描寫。

筆者以為《多情劍客無情劍》中，真正的女性主角人物應為林仙兒。至於李尋歡朝思暮想的林詩音則不僅形象模糊，且愈描愈淡，是一個血肉不足的人物，相應於李尋歡的一點蒼涼漂泊，她總是表現出一股幽怨淒涼的形象。古龍對於林仙兒的著墨甚多，所佔篇幅幾乎超過李尋歡。以這麼多篇幅去描寫林仙兒這樣一個陰謀浪蕩的反面女性角色，筆者以為它所代表的意義並不僅是單純的林仙兒這個角色所表現出來的負面形象而已，更展現了男性自我面對情慾時的焦慮與試圖宰制對方的意念。

林仙兒在小說中所代表的是情慾與陰謀，這二者合起來的結果恰恰指向了竊奪男性權力的危險性。所以《多情劍客無情劍》一書中極力描述林仙兒在性方面對男人的無可抗拒的誘惑力，又極力貶抑她的存在價值，好像在同時進行著一種吞食與嘔吐的雙重行徑：透過吞食滿足對女性色慾上的宰制，又藉由嘔吐消除因此而引起的自我焦慮與恐慌。

如前所述，古龍曾在描寫宮九與陸小鳳決鬥時說：「情慾是人類的弱點，尤其是對在比鬥中的人，更不能興起情慾。」而在《多情劍客無情劍》裏，林仙兒則被形容為：「看起來像仙子，卻專門帶男人下地獄。」因此李尋歡直接地抗拒了林仙兒的誘惑，而連迷戀林仙兒至深的阿飛也自始至終沒與林仙兒發生過性關係。

林仙兒的性吸引力真能有這麼可怕？按小說情節而言，確然無疑。因爲連郭嵩陽、呂鳳先這樣鐵錚錚的好漢都曾不免被她所誘惑，甚至上官金虹、荊無命也願意與她的身體進行交易。尤其可怖的是，她竟可以讓阿飛和李尋歡一度翻臉。可以說林仙兒的性吸引力是與她的權力陰謀連結在一起，她想用她與男人之間的性關係奪取、轉用男人的權力，這是第一個令男人感到害怕的地方。此外，她還可以讓男人之間的友誼破裂，更是嚴重的破壞了男性同盟的關係。而後面這一點對阿飛與李尋歡的關係而言尤爲可怕。因爲阿飛與李尋歡之間的關係不僅是兩個獨立的男性個體之間的友誼，而是近乎父子、師生的傳承關係。所以林仙兒以其性吸引力挑戰了阿飛和李尋歡的友誼，就等於是挑起男性之間最根本的戀母弒父的競爭情結，其威脅之強實是無與倫比。而這種威脅卻是源於男性渴望宰制女性（性慾）的父權競爭關係。

阿飛爲了林仙兒和李尋歡翻臉，肇因於李尋歡千方百計想讓阿飛離開林仙兒的干涉行動。李尋歡自己以其超乎常人的克制能力抗拒了林仙兒的誘惑之後，還想操控阿飛對林仙兒的迷戀，其實追根究柢是想根絕林仙兒的性魅力對男性自我的傷力，或者說是想徹底宰制女性在性慾上對男性的牽制。透過林仙兒的宰制而避免他孤獨強悍的自我受到牽制與傷害。然而矛盾的是林仙兒在書中的性魅力也是男性所製造出來的，因爲林仙兒除了性與陰謀外，再無任何其他的表現空間。她的被徹底性欲化正是造就她無比性魅力的根本原因。

此外，全書對林仙兒所代表的性慾魅力與陰謀的宰制（報復）更表現在性行爲中對林仙兒的性虐待上。讓讀者覺得林仙兒是自取其辱，其實是藉由性虐待展現男性對林仙兒的宰制與報復。宰制是害怕被性慾望牽引而喪失男性自我的獨立性，以及男性之間爲了林仙兒進行的互相殘害；報復則是針對林仙兒竊奪男性權力並藉此控制男性作爲她支配工具的企圖，而這兩者在根源上是合一的，因爲在面對女性時，男性自我本就依賴膨脹的權力慾望而建立。

林仙兒在小說中的形象基本上完全符合傳統古典小說中所塑造出來的淫婦形象，所以也就具有父權社會中男性性意識裏的淫婦原型所含有的雙面鏡的效果。淫婦此一原型所代表的意涵並不僅適用於違反禮法規範的通姦婦女而已，一個女人只要對性需求表現出渴望的態度，對性歡愉表現出樂於享受的想法，就已經符合了淫婦原型的要件，通不通姦倒在其次[58]，而林仙兒在這兩方面都已俱足。她不但表現出對性需求的渴望，也不斷地與各種男人通姦。

淫婦原型可以照出父權社會底下的男性性意識的兩個矛盾面向：一方面，男性既然慣於把所有的女性都性對象化，以剝奪其作爲一個完整的人的資格與可能性，那麼一個性慾旺盛的女人就完全符合男性對女性的本質認定，也容易被男性以性的手段加以操控，必然可以獲得男性的歡心（林仙兒正是這樣的一種角色）。另一方面，既然女性被視爲僅擁有性的需求（同時也是對象、工具）的存在，男性就無法不面對這樣被性慾化的女人理所當然應有的強烈性慾表現，而當女人這樣強烈性慾超過男性正常性能力所能負荷時（依男性對女性的強烈性對象化傾向來看，女性的性慾強度必然要超過男性所能供應的範圍了），以及男性在操控女性過程中所可能產生的權力的流失太多時（**尤其當男性並沒有擁有超乎常人的性能力時，只好提供更多的社會權力關係去籠絡女人，也就流失了更多的權力**），淫婦就反過來成爲一種可怖的、難以控制的性獸（**林仙兒顯就是這樣的一個女人**）。解決這其中既愛且懼的矛盾的常見方式，就是在性行爲中對女性施以虐待。

由此可以進一步看出古龍爲何要把林仙兒描寫成一個喜歡勾引男人去性虐待她，這樣一個奇怪的女人了。在小說中，林仙兒第一次出場便是勾引李尋歡，想用她的身體換取李尋歡身上的金絲甲，結果卻換來李尋歡的羞辱：「一個女孩子不可以如此自信，更不可以脫光了來勾引男人，她應該將衣服穿的緊緊的，等著男人去勾引她才是，否則男人就會覺得無趣的。」林仙兒所以勾引不了李尋歡只是因爲她不應該對自己太自信，更不該採取主動姿態，因爲這樣一個自信而主動的女人對男性的權力控制而言，是多麼的危險。由此亦可見像李尋歡這樣一位俠客，對自我掌控要求有多麼強烈（**他也許對社會上的權力沒有興趣，但對自我不被任何人牽制影響的克制與要求，卻遠勝於任何人，這也是父權權力展現的一種方式**），以至於一個女人只要稍有可能損傷他的自我控制能力，他就會感到非常的「無趣」。

除了李尋歡之外，林仙兒的性魅惑在小說中還曾在兩個人身上失敗過，一個是上官金虹，另一個是荊無命，因爲她用她的身體去和這兩個人交換的結果，幾乎沒有得到任何實質的利益。這是因爲荊無命在小說中是以作爲死亡與絕望的代表的形象而出現，這樣的荊無命早已喪失了任何生命的活躍性，所以在性方面也幾乎是一個絕緣體，他既然無法正常地享受性歡愉，當然也就不會沈溺其中，被林仙兒所迷惑。至於上官金虹則十足地是一個社會權力核心的化身，在小說中是最有勢力的江湖人物，且對權力迷戀與執著超乎常人，根本不容女性竊取，所以他可以無害地享受林仙兒提供的性服務。這也可以看出上官金虹和李尋歡其實是多麼相近的人物，他們對操控權力（只是一個指向外在地控制別人，一個指向內在的控制自己）的迷戀與由此而來的強烈自制能力都是超乎常人的。至於愛戀林仙兒甚深，卻從沒和林仙兒發生過實質性關係的阿飛，則很明顯地受限於林仙兒於他而言實是一個近乎母親的形象。年輕而血氣方剛的他本不可能禁欲，他百般壓抑自己對林仙兒的性欲望，只因爲林仙兒對他而言不僅是女人也是母親，由此可見亂倫禁忌的潛在而龐大的制約力量。

至於一般的「正常」男人，如伊哭，他本爲報殺子之仇而找上林仙兒，結果反而被林仙兒所惑，在那一場性行爲描寫中因而充滿了性虐待的慾望與景象。伊哭性虐待林仙兒是因爲他在林仙兒的性魅力前面全面潰敗了，連殺子之仇都可以拋在一旁，他必須以虐待的方式來發洩對林仙兒的恐懼與怨恨。而這也成爲小說中後來所有林仙兒性愛場面的描寫模式，可見得林仙兒不僅是讓伊哭懼怖，而是可以讓大多數男人都感到懼怖的。這種懼怖之深，不僅表現於男性主動對林仙兒施以性虐待，還更進一步地讓林仙兒自己表現出喜歡被性虐待的姿態。這種反向的描寫有兩種作用，一是合理化男性對林仙兒性虐待的行爲，讓林仙兒表現出咎由自取的形象；

再則是藉由林仙兒的主動要求受虐，來膨脹男性的自我與權力控制欲。如果林仙兒妄想竊奪男性的權力（即使還必須透過非常辛苦的陰謀設計），必須付出這麼大的犧牲，或者反過來說，男性的權力可以勾引林仙兒受虐的慾望的話，豈不是更證明了男性權力的無上地位與魅力？擁有這樣的父權的男性自我又豈能不加倍膨脹？

然而男性的自我與權力的控制欲愈膨脹，面對林仙兒的恐懼就愈深，因爲林仙兒不是一個可以被輕易滿足的女人。雖然小說中並沒有說明林仙兒是否可以從那些被她勾引的男人身上得到性滿足，可是從她一再地更換性伴侶，以及她在性行爲中的受虐傾向，似可看出她並沒有得到滿足。性虐待的產生往往是因爲一般的性刺激不足，所以轉由肉體上的痛苦加以補償，林仙兒一再藉由被虐來產生性衝動，就表示她不容易從一般性行爲中得到滿足，更何況她還喜歡看到男人爲她廝殺，爲她流血。面對這樣的女人，男人只好用更多的權力去籠絡她，也就更容易產生喪失權力的恐懼。而在《多情劍客無情劍》以及其他武俠小說中，男人（或俠客）一旦喪失了權力（暴力就是權力的最直接呈現），也就喪失了自我。對古龍筆下男子漢俠客而言，這的確代表了男性自我生死存亡的關鍵，不可等閒視之，所以他用這麼多的篇幅來描寫林仙兒，不斷地凌虐她、羞辱她，爲的就是驅魔般地排除林仙兒對男性自我所可能造成的傷害。所以他最後要讓林仙兒成爲長安城最卑賤的娼寮中的妓女，而且變得醜陋不堪，任何男人都可以肆意蹂躪她而無所畏懼了。

然而，筆者仍需指出雖然在《多情劍客無情劍》中俠客們如此費力且驅魔式地予以林仙兒誇張的凌虐與摧殘，結果反令人省思到一個女人在父權社會中若想為聲張自己性欲需求，甚至冀求獲得一些獨立自主權力的話，將面臨男性多強烈的威脅與反擊。只有像孫小虹那樣聰明卻一心只為男人著想的女孩（或朱七七、田思思那樣刁蠻卻依賴著男人），才是值得男人追求與廝守的，因為她們都沒有獨立自我的人格，更不敢聲張她們作為女人的一些基本需求與權利，她們僅能以作為男性的附屬品而獲得男性的認同。

總結古龍武俠小說中的同性友情與異性情欲的表現，都與以自我為中心所產生的強烈孤獨感和克制力相糾纏。古龍筆下的俠客對於社會組織的權力與名利的興趣不高，既不搶奪天下第一的名號，也不願去擔任盟主、教主之流，就此而言，大大地降低了傳統武俠小說中常見的，俠客對於他人與社會的濃厚的宰制欲望。可在另一方面，對於自我的獨立與自主，古龍筆下的俠客卻又表現出超強的控制欲，他們不但不願被別人所控制，更要強烈進行自我控制，這導致俠客與俠客之間的同性友誼不易建立——一個要求絕對獨立的個體如何能與別人建立真正的親密關係？所以古龍筆下的友情雖然描寫強烈但往往突兀，經常展現為非常直覺而主觀的短暫交歡的關係，雖然這種關係同時也表現出古龍對友情獨具一格的詮釋。

至於異性情慾所引起的自我焦慮就更嚴重了。比同性友情而言，異性情慾有著更強烈的歸屬束縛（海誓山盟、終身廝守）以及更親密的相互溶入（即便不論心靈層面，在身體上、生活上亦皆如此），這對於俠客強烈要求保有自我獨立性而言是一大挑戰，因此所引起的焦慮自然更爲劇烈。對於閨秀型、母姐型與淘氣型等女性，俠客們尚能容忍，甚至可以對之愛慕、依偎與保護，但對於以情慾爲武器的性感女性而言，由於她們直接攻擊男性自我中心的脆弱處——爲了渴求女性情慾的撫慰，每一次跟女性的結合都讓男性自我面臨被束縛、溶入的危險——終至導致男性對她們激烈的反擊與無情的凌虐。在這兒，古龍筆下的武林江湖赤裸裸地展示了俠客心態的父權與男性世界的殘酷。

身體情慾的書寫解放

雖然古龍筆下的女性形象與情慾描寫有著強烈父權宰制的思維，但從他對身體與情慾的描寫揭露而言，就武俠小說書寫傳統來看，卻又不失爲是一種突破。

在古龍之前的傳統的武俠小說對於身體的描寫（不論男女），總是非常含蓄，對於情欲的處理更是往往點到爲止。仍以金庸作品《神雕俠侶》爲例，形容楊過是「清癯俊秀的臉孔，劍眉入鬢，鳳眼生威，只是臉色蒼白，頗顯憔悴。」形容小龍女則是「披著一襲輕紗般的白衣，猶似身在煙中霧裏，看來約莫十六七歲年紀，除了一頭黑髮之外，全身雪白，面容秀美絕俗，只是肌膚間少了一層血色，顯得蒼白異常。」這樣陳腔套語的描寫，其實是過於抽象的，好處是任讀者自行想像，缺點則是百人一面，美一樣地美、俊也一般地俊。

身體的描寫如此，情慾的描寫更是帶怯含羞了。試看下面這一段描寫：

這人相抱之時，初時極為膽怯，後來漸漸放肆，漸漸大膽。小龍女驚駭無已，欲待張口而呼，苦於口舌難動，但覺那人以口相就，親吻自己臉頰。她初時只道是歐陽鋒忽施強暴，但與那人面龐相觸之際，卻覺他臉上光滑，絕非歐陽鋒的滿臉虬髯。她心中一蕩，驚懼漸去，情欲暗生，心想原來楊過這孩子卻來戲我。只覺他雙手愈來愈不規矩，緩緩替自己寬衣解帶，小龍女無法動彈，只得任其所為，不由得又是驚喜，又是害羞。

再比較《多情劍客無情劍》中的這二段描寫：

她的柔唇如火。

在這一剎那間，天地間所有其他的一切都已變得毫無意義，世間萬物似乎都已焚化，時間似也停頓。

她顫抖著，發出一陣陣呻吟般的喘息。

她顫動的身子引導著他的手。

她的肌膚細緻、光滑、火一般滾燙。

她的髮髻已凌亂，長裙已撩起，整個人都似在受著煎熬，她兩條修長的、瑩白的腿已糾纏在一起。

阿飛整個人都似乎已將爆裂。

在朦朧的燈光下，她瑩白光滑的腿上已起了一粒粒寒慄，腿雖然是蜷曲著，纖巧的腳背卻已挺直。

世上只怕再也不會有一種比這更誘人的景象。

她緊緊摟著他的脖子，滾燙的呼吸噴在他耳垂，咬得他靈魂都已崩潰。

他突然將她身上的棉被掀了起來。

她赤裸的身子蜷曲著，就像是一隻白玉。

伊哭的喉結上下滾動著，喉嚨似已發乾。

林仙兒媚笑道：你看我值得麼？

伊哭將她的頭髮纏在手上，愈纏愈緊，彷彿要將她頭髮全部拔下來，林仙兒雖已疼出了眼淚，但水汪汪的眼睛裏卻露出了一種興奮的渴求之色，瞇著眼瞧著伊哭，呻吟著喘息道：「你為什麼只敢抓我的頭髮？難道我身上有刺？」

這樣的眼神、這樣的話，有哪個男人能受得了？

伊哭突然反手一掌摑在她臉上，接著，就緊緊抓住了她的肩頭用力擰著她的身子……
林仙兒身子突然顫抖了起來，卻不是痛苦的顫抖，而是興奮的顫抖，她的臉又變得滾燙。

古龍這二段描述情慾的段落，前一段對於林仙兒的身體和誘引男性的姿態，進行了相當露骨又準確的摹寫；後一段則對性與暴力的結合——性虐慾望做了某種揭露。這些內容固然有聳動人心之處，較之傳統武俠小說，往往惹人評議為「誨淫」，或者認為是迎合讀者的低級趣味所致。如梁守中先生就曾在《武俠小說話古今》中指出：「武俠小說商品化的傾向，還表現在適應市井口味這一點上，書中時時添加一些莫名其妙的『色情』味精，以刺激讀者的感官。在這方面，古龍的小說也是頗為突出的。……金、梁書中的青年俠士，雖也有三幾個女孩子在身邊打轉，但絕不會隨便發生兩性關係；即使點到即止，並不去著意渲染色情。這樣的描寫武俠，才是有益於世道人心的。」

然而，把古龍筆下的身體描寫、情慾描寫，全盤視為是迎合市井口味，並且有害於世道人心，畢竟是過於沈重的指責，也將無法看出這些描寫背後所代表的對身體的解放與對情慾的解放的企圖。

我們必須承認，在這二段描述中，古龍對於情慾氛圍的掌握是非常精準的，他對女性身體的描寫其實也並未逾越一般現代文學的尺度，可是卻烘托出相當好的氣氛。此外，古龍在《多情劍客無情劍》中，屢屢透過情慾描寫，將林仙兒身體所展露的性慾與殺戮所帶來的死亡結合在一起——化身爲性虐慾——就武俠小說而言，不能不說是一種巧妙的結合。當然，這其中是否受西方精神分析學說的影響，尚待進一步研究，但武俠小說本身以殺戮爲內容情節的重點則是事實，因而在武俠小說中將性慾與死亡相連結處理，也可以說是展現了一種文本內部的合理性的發展，對於人類的性慾與死慾的探索，也有其深刻之處。

除了女性身體與性虐情慾的描寫外，古龍也注意到了同性戀慾的現象，例如《楚留香傳奇》中的水母陰姬與《名劍風流》中的富八奶奶。這些描寫的觀點與角度，或許有些仍帶著不解、詫異與嘲謔，然而，較之當時其他武俠作品（甚至所謂純文學作品）都還不敢碰觸這一類禁忌題材，古龍在其小說中加以書寫，也展現了一種試圖走向解放的前衛姿態，因爲唯有書寫，才得以被觀照、被發現、被討論。

風雲精選武俠經典

金庸推譽的上官鼎

上官鼎，是劉兆玄、劉兆藜、劉兆凱三兄弟集體創作之筆名，隱喻三足鼎立之意，而以劉兆玄為主要執筆人。上官鼎文筆新穎，表現方式亦頗現代，且在武打招式及奇功祕藝上，可謂新舊並冶，故深得各方好評，金庸對他也公開推譽。

25K 平裝　每冊定價240元

書目

01. 七步干戈（全四冊）
02. 鐵騎令（全三冊）
03. 長干行（全四冊）
04. 俠骨關（全五冊）

三劍客之一的諸葛青雲

武俠巨擘諸葛青雲為台灣新派武俠小説大家，亦為早期最有號召力的武俠巨擘之一。與臥龍生、司馬翎並稱台灣俠壇「三劍客」。其創作師承還珠樓主，作品熔技擊俠義和才子佳人於一爐，遣詞用句典雅。

25K 平裝　每冊定價240元

書目

01. 紫電青霜（全三冊）
02. 一劍光寒十四州（全三冊）
03. 江湖夜雨十年燈（全三冊）

•典藏古龍•

古龍散文全集

—葫蘆與劍 人在江湖—

資深古龍評論家 **陳舜儀**—編著

華人界最齊全的古龍散文全集，特別收錄古龍墨寶數幅
讀古龍散文，讓你更能理解他這個人

一提起古龍，世人想到的是小說、是電影，絕不會是散文。可偏偏古龍寫過上百篇的文章，談武俠，談人生，談時事，談情人，談朋友，談回憶。若是錯過，便要失去從另一視角認識這位大師的機會。
古龍以其大起大落的奇特人生，確保了他人無法複製的精神世界。他的散文也一如小說那樣的獨特，讀他的文章，能更理解他這個人、他的創作和美學觀念，他小說的背景，他的社會關係網，以及浪子之所以成為浪子的風華年代。

‧古龍評傳三部曲‧

評傳古龍—這麼精采的一個人
武學古龍—古龍武學與武藝地圖
經典古龍—古龍十大經典排行點評

覃賢茂—著

古龍誕辰八十週年紀念代表作

重磅人物作序推薦：著名學者**龔鵬程**、師大國文系教授**林保淳**
文化評論家**陳曉林**、古龍長子**鄭小龍**、成都市作協副主席**柏樺**

- 大陸首位出版古龍評論集的學者——文史名家覃賢茂，多年研析、探討古龍，力撰古龍三書
- 書中附有古龍珍貴相關照片

《評傳古龍》是迄今為止最多亮點、最具可讀性，且相對翔實的一本古龍傳記；《武學古龍》則對古龍作品中凡涉及武俠或武道思想、理論、創意及實踐的內容，作了畫龍點睛的分類與羅列，並提供了別開生面的引論；《經典古龍》則是對古龍十大經典名著的精闢解析和評論。三書皆扣緊古龍獨有的風格與境界。

古龍精品集 57

大人物（下）

作者： 古龍
發行人：陳曉林
出版所：風雲時代出版股份有限公司
地址：10576台北市民生東路五段178號7樓之3
電話：(02) 2756-0949　　傳真：(02) 2765-3799
封面原圖：明人出警圖（原圖爲國立故宮博物館典藏）
封面影像處理：風雲編輯小組
執行主編：劉宇青
行銷企劃：林安莉
業務總監：張瑋鳳
出版日期：古龍80週年紀念版2019年1月
ISBN：978-986-146-733-7

風雲書網：http://www.eastbooks.com.tw
官方部落格：http://eastbooks.pixnet.net/blog
Facebook：http://www.facebook.com/h7560949
E-mail：h7560949@ms15.hinet.net
劃撥帳號：12043291
戶名：風雲時代出版股份有限公司

風雲發行所：33373桃園市龜山區公西村2鄰復興街304巷96號
電話：(03) 318-1378　　傳真：(03) 318-1378
法律顧問：永然法律事務所 李永然律師
北辰著作權事務所 蕭雄淋律師

行政院新聞局局版台業字第3595號 營利事業統一編號22759935

定價：240元

國家圖書館出版品預行編目資料

大人物／古龍作.　--　再版.　--臺北市：
風雲時代，2010.11
冊；　公分
ISBN: 978-986-146-732-0（上冊：平裝）.　--
ISBN: 978-986-146-733-7（下冊：平裝）.　--
857.9　　99020188